戦禍の時を越えた人の胸になり
わたしのなくしたものを知りませんか
すすきの穂の揺れる原っぱに隠した
ジュラルミンの破片ですけどね
昨日まであったが
なくなってしまっている
今日
振りおろした黄色いユンボの爪が
半世紀以上も埋もれたままの
とうに雨水を流さなくなった黒い土管を
真っ二つに割る

現代詩文庫　239

思潮社

たかとう匡子詩集・目次

詩集〈ヨシコが燃えた〉全篇

詩集〈ユンボの爪〉から

詩集〈立ちあがる海〉から

詩集〈女生徒《おんなせいと》〉から

初期詩篇

散文

作品論・詩人論

装幀・菊地信義

詩篇

詩集〈ヨシコが燃えた〉全篇

終戦記念日

また
狂気が襲ってきて
駆け出しそうになる
ヨシコヨシコヨシコヨシコヨシコ
とやみくもに

だから
気を鎮めて
ヨ・シ・コ
と今度は空いっぱいに
書いたまではよかったけれど
縁側　窓ガラス　机や椅子や
タンス　じゅうたん
食器類からカセットテープ……
気がつくと
手あたりしだいに書きつけている
四十年以上も経つというのに

大豆

ぎこちない音を立てて
荷車が往来を通っていた
ひっそりとした戦時下の
昼さがり

揺れている荷車に
弟は蛙になって跳びつく
荷台は高いから
両腕でぶらさがる
ヨシコは
荷車を追っている

手が時おり荷台に触れる
と
うれしくて仕方がないというように
足を踏みならしている

ドンゴロスの袋の破れ目から
大豆が落ちる
ひとつぶずつ
何かの拍子に荷車が揺れると
道端にころがる
ヨシコと私は走ってひろう
ポケットに詰めながら
荷車について歩く

坂道にさしかかると
荷車は急に速度が落ちる
弟はよじ登って
後ろむきに腰かけると
得意げにあごをしゃくってみせる

やがて
下り坂になると
となりの街に着くまで
降りられなくなってしまうから
私は弟に合図をする
ポケットの収穫をつかんで
にぎりこぶしを高く振って

いつもというわけにはいかなかったけれど
母がフライパンで炒ってくれる大豆の
いくつぶずつかを
そんな日は
家族で分けて食べた

赤い闇

胸さわぎがしたといって

父が神戸からやってきた
灯火管制で姫路の町並みは暗く沈んでいたが
くちなしの香りが甘やかな夜であった

母は
その夜　出産した
私と弟妹たちは
遅くまではしゃぎ
疲れて
母とは襖ひとつへだてた部屋で
うすいふとんにくるまって寝た
枕もとには父からのみやげの
十二色のいろ鉛筆と
紙風船を置いて

寝入り端をゆり起こされたとき
空襲警報のサイレンがうなり声をあげていた
火を吹く焼夷弾
B29の爆撃音

窓ガラスが燃えている

どこも赤い闇だ
ヨシコの手をにぎりしめて
私は駆ける
すぐ前にいたはずの
祖母と弟の姿が見あたらない
高架沿いに
群衆の流れのままに
唇を強く結んで駆ける

女の人に呼び止められて
防火用水の前に立ち止まった
その人は
ヨシコと私の防空頭巾を
すばやく脱がせると
水びたしにして
ふたたび頭にかぶせ
サヨナラと小さく手を振ると

火の粉ふりしきるなかに消えていった
ほっそりとした後ろ姿が
焼けるような熱風にあおられて
赤々と浮き上がりはするが
女の人の顔かたちは
今もわからない

ヨシコ

I

町なかは
燃えさかるるつぼ
電信棒は火柱となって
きりもみしながら崩れていった
追ってくる火
走る火

落下する火
赤い闇から
黒い闇へと
たくさんの死をまたいで
逃げまどう

走る　生きのびようと
走る　死ぬかもしれないけれど
走るしかないから
走る
ただ走る

頭上から
降る焼夷弾が
闇夜に火花を散らせ
探照灯が幾条にも光る
空襲警報発令の
うなるサイレンの音

私はヨシコの手をにぎり
ヨシコも私の手をにぎり
走っている
火を踏んでいるのに
皮膚が焼けているのに
握りあったままの
ヨシコと私の
手と手
叩きつけられ
突き飛ばされ
もぎとられ

失心してしまった数秒後
眼の前の
枯れ草の傍らで
燃えていた
焼けていた
ヨシコ

II

地の底へ傾斜四十五度
の段々をおりる
と防空壕はくりぬかれて
暗く
深く
つづいている
人でぎっしり詰まっている

ヨシコは
　アツイヨウ　イタイヨウ
うわごとのように
けれどしっかりした声でいう
私は
黙って手をにぎり
もうひとつの手は
ヨシコの膝小僧の皿を押さえている

誰かが入ってくる
トタン板の戸が開く
炎は
ごう
とうなり声をあげて
防空壕の内側を
舐める
ヨシコの
腕の
胸の
皮膚がべろんとずり落ちて
ローソクの火が揺れるたびに
水ぶくれがつぶれ
めくれた皮膚が光る
頭が
顔のあたりが
焼き茄子のように焦げている
荒々しい呼吸がつづく
ヨシコの口がうごく

オ・カ・ア・チ・ャ・ン
といっているかのように

母は
その日生まれたばかりのユウコと
担架に乗せられ
父にかつがれて
どこへ行ったか行方知れず
ヨシコの手をにぎり
ヨシコの膝小僧の皿を押さえ
私は
ただ堪えている

III

燃える家や
道や
風景のなかを
走りつづけていった
夜十時の空襲警報に

ヨシコは裸足で飛び出していた
私のモンペをにぎっている小さい手
火を踏んでヤケドをした足うら
　姉チャン　アンヨガイタイ
泣きながら
ふるえる声で
ヨシコは何度もいうのだけれど
黙って私は走っている
国民学校一年生の私に
知恵はなく
群れの後ろについて走るしかなく
逃げるしかなく

そのとき
道端に積みあげられた枯れ草が燃えて
ヨシコが燃えた
焼夷弾が
舞いながら

火の粉吹きあげて落ち
それから
爆風に飛ばされて
高架下の橋げたまで
空き缶のように転がっていった
ヨシコとふたりして

もつれながら
頭を伏せていると
コウヅキさんのおじさんに突きとばされた
燃えているヨシコの服の火を消すと
抱きかかえて
おじさんは走る
すがりついて私も
走る
神屋町の防空壕へ

ヨシコは
手の皮がむけて

胸も腹も顔もつぶれている
壕のうす暗がりに
私は黙って座る
からだのほてりが
駆け抜けてきた炎の街をよみがえらせ
助かった!
ふるえながら一息ついたとき
　オテテ　キレイニ　チテ
ヨシコの唇はたどたどしく動いて
そのまま
息絶えてしまった

IV

自転車の荷台にくくりつけた
そうめんの箱に
ヨシコの亡きがらを
白い小菊で
埋めていった

つないでいた
母の手をはなして
私は
小さい掌を合わせる

　モウイイカイ　マアダダヨ
　モウイイカイ　モウイイヨ

耳の奥に声をのこして
あそびのように
暗闇にかくれて
それきりになってしまったヨシコ

焼き場となった市川の河原は
水がながれ
月見草の花が咲いて
夏の日差しもきのうと変わらない
がれきのあいだから
落ち葉焚きをするように

かきあつめ
積みあげた死体
国防色の服を着た人が
あわただしく
石油をかけている

死体から
立ちのぼる
煙
が空を
黒く焦がし
臭気は街に
重たい層を
なしていく

ヨシコの亡きがらは
熱く
熱く
ふたたび燃えた

疎開

ヨシコと
市川の河原で訣れた夜
母子四人は
馬小屋の二階の一室にいた
熱気と
馬糞と
飼葉の臭気にむせながら
放心のなかにも
不思議に安らいでいた
帰る場所は
もうここしかなかった

きのうの夜の
赤い炎や
焼け跡と化した
明け方の市街図が
モノクロ映画のワンカットとなって

眼の裏側に焼きついて
どんなに追いはらっても
追いかけてくる
母も
弟も
だれひとりとして
ヨシコのことは話さないが
家族のだれもがヨシコのことを思っている

馬小屋の二階の
疎開生活は始まったが
母は
産後二日目で弱っていた
私と弟は
ハシカの後で
発疹はまだ消えず
私は中耳炎を併発していた
生まれたばかりのユウコは
硝煙の毒素がからだにまわり

泣く力もない
母は何度となく乳首を口に持っていくが
吸いつきもせず
ユウコは
七日間生きて
死んでいった

ムカデ騒動

馬小屋の二階の
柱づたいに下りてきたのはムカデだ

母は夜中に飛び起きて
耳が痛い
焼けるように熱いと騒ぎたてた
私が懐中電灯で照らしてみると
肥えた飴いろのムカデが
耳の奥から飛び出してきた

母は
耳から首筋
顔半分があかく腫れあがって
しゃべることもできない

ムカデは
夜通し暗がりを這いまわっている気配

翌朝
注意してみると
ムカデは
天井のあちらこちらにたむろしている
私はふかしたカボチャを食べながら
飯台がわりのミカン箱の上を掌でたたいて
落ちてきた！
と弟をおどかしては
中腰で逃げるかっこうをする
弟は悲鳴をあげて逃げる

こんどは弟が私の真似をする

母の受難をよそに
ムカデ騒動で
小さい姉弟に
笑いが戻っていた

ミニトマト

到来物の包みをひらく
と鉢に植えられた
鈴なりの熟れたミニトマトが出てきた
観賞用にと言うことらしいが
私は絶句した
　コレガアノ

一年中かびのにおいがする
疎開先の

四十年以上も私に貼りついた
農家の裏庭
ぬれ縁に山肌は迫って
反りかえってさえいた

首根っこが痛くなるほど見上げると
頂上には柿の木があって
足もとには
割れたりつぶれたりのまだ青い柿の実
落下のはげしさを物語っていた
茶褐色に腐蝕したものからは
羽の生えた
微小な虫たちがしきりに飛び立っていた

いつも空腹だった私が
そこにいた
やっと盛土してつくった
一畝の痩せた畑が
あったような気がするのだけれど

何か言おうとしたがことばにならないまま
飛白のモンペがぶつかってきた
と大地に投げ倒され
見上げる眼に
怒り狂ってわめいている
叔母の顔があった

這いつくばった恰好になった私の
鼻先に押しつけられたのは
親指ほどの色づきかけた実
不思議な
見たこともないものの存在

今朝熟れたばかりの赤い実がない
一粒の
ミニトマトの窃盗犯
はおまえだと
叔母はきっぱりと言った
だけど

初めて見たのである
たった今

夕焼け

戦争が終わったあくる年
疎開先の宍粟郡下三方村から
須磨の板宿に帰ってきた
風呂敷づつみをひとつ
小さな肩にくくりつけて
前もって父が借りた家の略図を
何度となく広げ
はじめての土地で
人に尋ねながら

馬車が往来する坂道の左右に
肋骨のような路地があり
五、六段の石段と
格子の戸がついた家々が
両側に詰まっている
そこで
母はまた略図を広げるが
同じかたちの家がたてこんでいて
考えこんでしまった
帰る家がわからないと

空が燃えて落ちてきそうな夕焼けだ
電信柱の影がむらさきに変色して
地べたに
へばりついている

横手の
石段の上段に
いがぐり頭の幼児がひとり腰かけて
夕焼けに顔を焦がしながら
童謡をうたっている
夕焼け小焼けということばだけを

一文字ずつたたきつけて
くりかえし早口でうたっている

はじかれたように
いがぐり頭に視線をうつす
と
弟のコウイチだ
父が迎えにきて
一週間前に
疎開先で
別れ別れになっていた

戸口の石段に腰かけて
顔を空につきだして
弟は
無心にうたっている

S寺の記憶

S寺の裏の森には
ふくろうが棲みついていた
雨が斜めにふぶいて
境内の芙蓉の花びらをたたきつけていた

本堂をめぐるぬれ縁の下では
蜘蛛が巣をかけていた
夕やみに自分の顔をうつして
私は雨があがるのを待った
眼は
ぬれ縁の角で切り取られた区画を
追っていた

雨があがったとき
普段は静かなお堂の奥の方から
声が聞こえてきた
とつぜん襲いかかってくる

けだものに似た声
のどぼとけが詰まるほど咳きこむ声
何かにつかえて
とぎれとぎれに

飛行機の爆音が消えて
テールランプが見えなくなると
紙芝居の口上が急に聞こえだした
祖母と母は仲直りをしただろうか
質札を投げだして泣き伏していた母
家に灯がともっただろうか
終戦まもないあの頃
私はひどく寡黙だった
祖母と話せば母と
母と話せば祖母と
気まずくなった
横目でひとをにらむ癖がついていた

S寺からの帰り道は
いつも暗くなってしまう
石段を二つずつ跳びこえて走る
と声がまた追ってきた
ひそひそと
人目を避ける声
くぐもるような読経の声
その日
ふくろうは鳴かなかった

仔猫に似た記憶

夕闇に消えた仔猫を追って
草むらを駆けたが
いない
車体と四つのタイヤ周辺など
念入りにさぐってみるが
視界に現れてふっと消えた
さっきの仔猫は

もうどこにもいない
一抹の気がかりをのこして
車を大きくバックさせる
と
五メートルほど離れたところで
小さなモノが
飛び跳ねているのを
左ライトの光線は一瞬とらえた
ゼンマイ仕掛けの人形のように
踊り狂いながら
ライトの輪からはぐれていった
奇妙な
柔らかなモノは
はたして
仔猫であったかどうか
認めることは
ひとつの嫌疑を背負いこむことになるから

今も疑問符のなかにしまっているのに
家じゅうのあかりを消しても
閃光のなかを飛び跳ねるほど鮮明に
あの仔猫に似た記憶が
今日も
浮上する

空蟬

軒より高い百日紅の
茂った葉を刈りこんだ日
おびただしい数の空蟬を見た

それぞれの予感を羽ばたかせたあと
細くしなる枝にしがみついて
軽さを風に預けているぬけがらに
遠い日の
凄まじさを視る

触れると
乾いた音がし
透きとおったカプセルは今にも崩れそうで
落ちれば――

そのとき
轟音とともに
不発弾が天空を突き抜けて落ち
産室となった四畳半の
母の枕べに
止まった

ヨシコが死んで
ユウコが死んで
ひとびとも
死んで
逃げて
狂って

空蟬は
落ちればただの塵芥だけれど
不発弾は確実に落ち
つづいて落ちた焼夷弾は
家と街と人を焼いた

今
空蟬は
百日紅の樹間で
遠い日と重なってしだいにふくれ
執ように
私のなかに
爪音を立てる

（『ヨシコが燃えた』一九八七年編集工房ノア刊）

詩集〈ユンボの爪〉から

根

割れた舗道の
敷石をはずす
V字型をした亀裂が
踵のあたりを強くひっぱる
不確かな
手ごたえのない位置から
土のにおい
草原のにおい
がして
道行く人は足を止めて
不思議そうに見ている
巨大なユンボの爪が
赤く爛れた空の深さをかきまぜている
空は土になり
土は
戦禍の時を越えた人の胸になり
わたしのなくしたものを知りませんか
すすきの穂の揺れる原っぱに隠した
ジュラルミンの破片ですけどね
昨日まであったが
なくなってしまっている
今日
振りおろした黄色いユンボの爪が
半世紀以上も埋もれたままの
とうに雨水を流さなくなった黒い土管を
真っ二つに割る
並木のいちょうの根が
表層を突き破って入りこみ
土管の形をしてかたまっている
闇市を　バラックを
建てては壊し
コンクリートで塗りこめた時空
に縺れた形の根

無防備な土管の中で
根は容積になりすましてきた
昨日まで見えなかったものが飛び出してくる
迷宮入りのつもりだった根が
語りかけている
深い空の底
の土管の
行為

馬

樹木の実が落ち
頭蓋を充たす
ひときわ高い風の響き
枝から枝へ
巣をかける女郎蜘蛛は
頭を前方に倒した
呼吸を止め

風のおさまるのを待つ
争いの
虐殺の
血がついた石斧のこぼれた刃
その無気味さを吹き荒れる嵐
歩けない
走れない
語れない
真一文字に唇をかたく結んだまま
馬が
闇を漂流する
樹木になる
東から出て西に沈む太陽
の運行を
瞳の奥に刻みつけて
教えられたとおり
足並みをそろえて歩く
五本の指を
三本

と偽ること
飼葉を
人参
と言い通すこと
馬は
葉をすっかり落とした
冬枯れの暗い風景を飲みこんで流れ
徹夜の突貫工事さながらの
騒がしく重たい時代に生きている
闇のなかに光射す窓辺
を捜しながら
昇天する馬に
曙光は届くか
いま

傷

腐った魚の
白く濁った眼球
を方向指示器にして
地下街へ
弱った体を引きずりながら
降りていった
防空壕の
土のだんだんは
踏みしめられて堅く
思ったよりずっと長い
量も
形も
陰影のなか
駅舎は不在
記憶の奥は深すぎるが
この国の曇天は
こぼれ落ちてきたあとの
だだっ広い
灼けただれた空のままだ
鳥も飛んでいない

川が
葉脈のように乾燥して
かつて骨であった証拠をとどめている
魚も棲んでいない
声
くぐもった
声
ひそひそひそひそひそひそひそ
母ではない
あれは
叔母かな
母とははなればなれになった
声は
放射線状にひろがり
ぼんやり増殖されて
うめく
ゆがんだ球体
に　ひろがる紫色に腫れあがった傷
にんげんの肉体の奥

鳥は飛んでいない
魚は棲んでいない
地下街は
さらにもっと奥へ
傷を
ひろげ

霧

灰色のフェンスに
閉じこめられてしまった
まだ明けきらない寒い冬の夜の
つづきもの
書きかけの本のページは
ひらかれたまま
まるい霧におおわれている
しのび足で
街を

樹を
起こしにいく
水
を起こしにいったとき
貯水池の水が消えていた
水が死者になったかもしれない
署名用紙で
積み上げた嘆願書の
危険な石組は崩れなかったが
池の底を
走った巨大な裂け目は
水を
魚を
呑みこんでしまった
悲鳴をあげ
どよめきながら
水は
先を争って
深淵を大きくひろげた地球
の磁場を越えて
なだれ落ちていった
めくったばかりの
新しいページも
はや
まるい霧が
おおっている
つかみどころのない
霧がおおっている

秋

黒い魚影
の群れが通り過ぎていく
水と空とをまちがえる
錯誤の生きもの
浮いたり
沈んだり

知らない土地へ行ってしまった
のもいる
怖れのようなものが堆積する
石つぶてを投げてみる
秋が石つぶてになる
沈殿していく
陽の光を反射させて
深海の底
沈殿していく
揺らぐ藻
につかまるまで
つぎからつぎへ石つぶてを
拾いあつめる
凍える朝の気温のなか
衝撃は都市を突き抜けていった
湯気のたつ炊き出しの味噌汁が
冷えた手から手へ
渡っていった
記憶の庭に陽が射して

揺れるコスモス
騒ぐ
その群生は
ボランティアの人たちが
蒔いていった
ものだ

祈る

家が
道路になだれ
根は根と抱きあって
堪え
宙ぶらりんで
冷たい風に貼りつく
ふくら脛も
足の先も
風に晒しつづけ

黒く変色し傷だらけになった裸の根
渾身の力をふりしぼる
祈る
積み上げた土嚢が崩れ
風たちに
光たちに
まとわりつく
塵埃の
おびただしい花
寒椿の
赤い
めぐってきた冬空に
輪郭を際立たせ
腕をのばす
花びらひとつ
口のなかに入れる
大地の樹液が
臓腑に滲みる
家族の団欒はない
家の断片も
ない
膠着
漂流
帰るべきところは
ない

跳躍

ふかい草叢の国境をめざして
頬をかすめるものが
世紀末の断崖の淵で
屈折し
光になる
砂礫と溶け合って保護色になる
黒いレースのふち取りをして
足首までのスカートの裾をひろげるものが
昆虫のかたちして

ふかい闇の底
の砂礫から
跳びあがり
つかのま
妖しい姿態を空中に見せる
小さい帽子がいっせいに揺れ
捕虫網の
無邪気な声があがる
たかく
ひくく
また角度を違えて
あっちから
こっちから
静謐にみちた光を放ちながら
石のかたちした
おびただしい
跳躍
羽根を焼き
触角を焼き
瞳孔を焼き
人間を
超える
ふかい闇の場所に
隠れているものよ
新鮮な果実になって
跳ぶものよ

荒野にて

かえでの落ち葉に埋もれた道は
掌のなかに刻まれた生命線
消え入りそうな道
疾風が吹く
足もとから立ちあがる
火
跳ぶ
飛び交う

膝小僧のあたりでじゃれていたのに
獰猛な犬になって
挑みかかってくる
焼き尽くす戦さの
かぞえきれない悔恨刻む墓碑
たずねて
山ふところ深い里まで
土塀は崩れていた
家は内部が外部になっていた
声をたてるものの姿が見えない
ねずみ一匹いない
無音の村の
十字路
資材置場
ピラカンサの赤い実が鈴生りの道
さまがわりする風土
みぎひだりにして
指紋のなかの道は
渦巻き状

あるく
だれひとり会わない
あるきつづけた
ふっと思ったものだ
いつも世界のどこかで殺戮はくり返されている
たぐり寄せても戻ってこない
百年
の轢死が
異臭を放つ
山の傾斜の
片側に吹きよせられた火種
湿った風の沸き立つ水路
積み上げられた死体
がはるかむこうの水源までつづく
骨になった象牙の色したむくろにさわる
もっとむこうの山また山の頂きに
沈む
荒野
にさわる

絵本のページを剝ぎ取って
祈りのかたちにして置いた
気配ただよう
死者
累累
無念の悼み
指の先で腐りはじめた花を
道路標識にして
たずねる
かぞえきれない墓碑
はどこ

（『ユンボの爪』一九九七年砂子屋書房刊）

詩集〈立ちあがる海〉から

窓の内側

光る毛並みが
風にさからって舞っている
やがてしのび足ですりよる
不気味な
身をよじらせた記号が
レトリックが
位相をずらせ
電波をはりめぐらせ
何倍にもひろげた巨大なつばさを
のけぞるようにして
メディアを操作する
数えきれないコピーが
海を飛び交い
砂漠の方角になだれていった

そのとき
奇妙な発信音がこぼれ
とんがった
鋭い爪立てて
襲いかかるもの
樹木を倒し
原野を駈け
乾いた河を渡って
はるかの異郷へ
ここを通っていったまま戻ってこれない屍体がある
待ちつづけて
父が死んだ
母が死んだ
窓の内側
都市を破壊する爆発音がして
暖房のよく効いた
あたたかいわたしの部屋が変容する
どこかの
だれかさんの

気まぐれ
サイコロのひと振りが地球を一周して
りんごが甘くにおう机の上
書見をするわたしの指先に
今　届いた
外は雪
寒いね
とおく　とおく
とおく燃えあがる街の炎
揺れる画像の
ひとこまを見ていた
ミサイル発射の
閃光
音響
着弾地の映像はない
逃げまどう人々の悲鳴もない
硝煙のにおい
ちぎれた手足や臓器
ない

なにもない
レポーターの若い女の声が
早口に流れている

風が吹いて

ぽっかり開いた
傷口に
手をかざす
樹液のにおいがする
持ちあげられ
かきまわされ
叩きつけられ
幹には
血のかたまりがある
その下を
てのひらにぎりしめて
突き上げ

シュプレヒコールをして歩く人の列
半世紀以上も経って
闘わなければならないなんて
考えたこともなかった
闘うということばを
失っていたから
その深さが
わかる
がんじがらめにしばられた南の島の
緑したたる土地を
返せ
そこは
サトウキビのひろがる畑だった
白い風の感触
鳥たちの
かすかな
羽撃き
しっかり覚えている
というのに

眠れない夜が
また訪れて
戦場の町を
通らねばならない
指が
胸をまさぐり
高鳴る鼓動に手をあてて
あしたを救済すると
やわらかい風が吹いて
この列島の内臓を
駈けめぐる
きょうもまた
路上にあいた傷口からは
たくさんの死者たちが
挑発されるもののように
ぞろぞろ
出てきて
ぽっかり開いた穴の奥座敷を
のぞきにくる

島は通過するには
あまりにも
長い

立ちあがる海

太い綱が
ぎりぎりぎりぎり
海をしばるので
水辺があんなに遠くへいってしまう
帰りたくても帰れない
ここを渡っていったまま
年齢《とし》をとることもできない
もうすこしはやく歩けば
近づける
すでに
海をわたる
足

本当の海が見たい
折り重なる
うずたかくなる
背骨が
這う
そしてついに
曠野に出る
重たい石で蓋をされた暗い壕
閉じこめられたまま
立ちこめる硝煙
むせかえる
たくさんの死者たちは
慌てふためいて荷物を
運び出そうとしている
〈危険〉と書いてある
生きのびるために立ちあがる海
すこし高くなったようよ
重たい石の蓋を
取りのぞかなければ
縛った太い綱が
今にもほどけそう

幻視

一頭の
ひたむきな馬が
落日めざして駆《はし》り去る気配があった
しだいに昏くなる部屋で
開けたり
閉じたり
たしかにそこには
しまいこんだはずの
いっぽんの蒼茫が
駿馬のひづめの音になって視えていた
その馬をさがしあぐねて
きょうも一日が暮れる
部屋に

明かりを点そう
あしたという時間を受け入れるために
こんやの風は
冷たい
たてがみに視線を泳がせて
のぞいていた馬の首あたりの窓辺に
枝がはびこり
葉がひろがり
しきりに話しかけてくる樹木が
凍りついている
こわれかけていることばも
わたしの耳朶で
突如
そのまま
凍てついている

蜜柑がいっぱい

空から
蜜柑が落ちてきた
大きな音がした
とりあえず
音の名残りをひろってきて
くだものの籠に盛る
だれも食べない
はれてもくもっても
あめがふっても
つぎつぎとひろってくる
だれも見向きもしない
廊下や
ソファ
じゅうたんの上は
蜜柑だらけ
縁側のガラス戸を開けると
猫が

軒下の置き石から
座敷へあがってきた
たまに餌をやる
野良猫は
一風変わった
わたしの契約猫
さっそく音の名残りに
じゃれはじめた
春になって
夏になって
白い花が
いつのまにか青い実にかわっていっても
蜜柑は
空いっぱいに枝をひろげた樹木《き》から
地ひびきたてて落ちてくる
その音は日増しに大きくなる
さっき
屋根がわらに当たったのが
ワンバウンドして
庭石をころがしていった
こんなふうにして
蜜柑がいっぱい
わたしの猫は
そのたびに襲撃の姿勢をとり
音の名残りに
飛びついていく

水は

起きだして
夜中に
水を飲む
それにしても
とうとう本降りになってしまった
素足で
庭をあるく
樹木が降る

瓦礫が降る
大あらしの日に
石よ
もうなんど
積み上げたか
この濡れた手ざわりを
なんど記憶に嵌め込もうとしてきたか
夕暮れに
お羽黒とんぼふたつ
交尾して
どこともしれず飛んでいった
水には
方角がない
水は充満する
素足で踏みしめる
まるい容器のかたちして
こちらを見ている水
いったい何を考えているの
石のだんだんを下りた

そのさらに深みの
もう手がとどかない
中空を
水は
あふれるままだ

紙の世界

紙は
指がうごくたびに
かたちを変え
狐になり
舟になり
そこにあつまったシグナルに誘導されて
四方八方を走りまわる
無人の家を流れる
木の葉の色と混ざりあって
寄り添っている水になる

きのうは
樹間に火の嵐
きょうは
梢に火の滴《しずく》
黒焦げの部分は日増しにふえている
同伴する記憶も
やがてばらばらになって
眼差しのとどかぬはるか彼方へ落ちてしまうかも
無人の家は
死んでしまったあのひとの家
縁者の消息もすでになく
ガラス越しに
癒えぬ傷をのぞきこんでは
折り紙をする
指がうごくたびに
焼けただれた木のなかを水が流れる
水音にうながされて
樹皮の底にひそむ幼虫の
飛び立つ気配になる紙の生き物たち

今夜はもうゆっくり
おやすみ
とあのひとの
無人の家に
黙示する

不思議な夢

今ごろになって
半世紀以上も前の死者たちが
葉裏のあちらこちらから
転がり落ちてくる
しがみついていた手を放し
声をあげながら
襲いかかってくる
大きな雨のしずくになって
差し出す無数の手が
胸を

眼を
積みあげた石組を這いあがってくる
待つしぐさをすると近づいてこない
これはきっと
地球からはるかにとおい地図の
路地裏にかくれた
ひそかに書いている昔話
いいえこれは
中断した生
叫ぶ口の
かたちです
死者たちは
まるい羽をがんじがらめにしばって
ふたたび
みたび
時の流れを
堰き止める
天空を懸命に蓋するしぐさ
不思議な夢に
まぎれこんでしまった
水があふれそうになる意識
抜け道を
石組のあたりで
見失う

冬の季節

行列は
いつのまにか
延びていた
ポリバケツを両手に持って
凍える空を
汲んで
並んで
汲んで
並んで
もう何年になるかしら

わたしたちは
ひたすら
運んでいる
背をかがめて
底のほうにたまった水を
かきまわして
岩をえぐる風
地面が揺れる音は
間断なくつづいている
そこはすでになくなっているのに
誰もいないのに
凍える空が
かつて家と呼んでいたものの
かたちになるまで
わたしたちは
ポリバケツを両手に持って
汲んで
並んで
汲んで
並んで

（『立ちあがる海』一九九九年思潮社刊）

詩集〈水嵐〉から

深淵

増量した水が
落下音をたてている
夜どおし馴染んだ音に似合わないので
哀しい予感がして
水ぎわの石を
ひろっている
私のポケットの底でじっと目を閉じて
沈黙するふりの石を
にぎりしめていると
だれかが
どこか
知らない空のむこうを
ゆっくり歩いてくる気配がしてここでも音
足をすべらせてしまった

水にも傷口があるんですね
などとささやくものがいる
雨は
ふたたび
降りはじめた
増量する水がこんどは
一羽の鳥の落ちる音を知らせている
空に
鳥がかたちを
のこしたままで
また足をすべらせてしまった
音にも痛みがあるんですね
などと言って
ごろりと横になる
そのとき私は
行っても行っても
行きつかない
まちがいなく
深淵にいる

来歴

木の枝が重なって
あたりはうすぐらい
起きあがろうとしても
足指がなお地べたへ引っぱって
体は捩れながら落ちていく
目を凝らすと
たちこめていた靄がぼんやりと晴れ
交叉する枝々のむこうは
たぶん
根の国
くらやみにゆれる場所
まがりくねった道を歩きつづけて
しゃべりたくても
音にならないことばをさがしている
息をころし
かくれている
ふかいやみに出会った

ことばにならない掠れた声が
こたえもなくひろがる
大きな腫ようを切りとった木が
空洞になった腹部をかかえ
時の破片に埋もれているのがみえる
風はふかず
陽はささず
眠れないままに
やみにふかくとざされた
ぼうぼうの岩かげに
ながい歳月を置き去りにしてきた木がある
その木に咲く花を見たことがない
起きあがろうとあせるほどに
背中にねばい葉を繁らせて
こちら側からはみえない
てのひらの熱に
顔をうずめていると
地の底に
のびる根が

からだのうちにまでくいこんできたらしい
がんじがらめの
時が流れていく

冬空

そこへ行こうとすると
霧があらわれ
私の目的を包んだ輪郭をかくそうとした
鋭い爪でえぐられた楓や樟は
今にも枯れそうな気配
どうしたものかと考えながら
こんなときにはいつもやる手の
私にはいちばんなじみぶかい
空の青さを捜している
目を落とすと
そこは
削がれた森の根幹

大きな穴があっちにもこっちにもあいて
いつのころからか風の通り道になっていた
強烈な勢いで近づくと
ひときわ濃い霧の一団が
際限なく傷ついた黒い球体を
森のかたちがのこっている蔭の深みに
しずめてしまった
季節は
すでに冬の入口で立ち往生している
ゆうべ
灰色の頭をもつ鴨のようなものが
さわがしく鳴いて
飛びこんできた
と思ったら
大きな穴が
私の胸の底にも
あいて
巣になりかけている

眩暈《めまい》

そのとき私は
そこが石になった川であることを
知らないでいた
水草
川床
あめんぼう
みんなもうけっして
歩み寄ることのない川であることに
気づかないでいた
それにしても
水草にゆられゆられて
翅を休めるおはぐろとんぼ
はるか頭上から
水面を擦過した
ぎんやんま
幼いあの日のこうもり
夏の夕暮れさえも

どうして石になって
ぎっしり転がっているのかなあ
石になった川は
動かない風
もう飛ぶものもなくて
記憶も
眩暈におそわれている
その上流から
石になった川に風が増殖した
と思ったら
遠い日の私に似た
少女の影そっくりの石と風が
指先に
接触している

歳月

からだをなめし皮のようにひろげて

たっぷりと眠りたい
枝のあいだから
こぼれ落ちる
とほうもない歳月は
葉という葉をことごとく散らしてしまった
幹の荒い喬木の表皮だけを残して
やたら徘徊を繰り返している
あれは
ひょっとして
幻
空は
すでに黒雲におおわれ
樹冠の透明度がはかれない
耳鳴りの空の
深い襞には
日差しが届かない
荼毘に付したたくさんの死者たちが
切り立つ崖と崖の割れ目から
滝になって

激しく落ちては
まだ今も発酵しつづける
そのかぞえきれない輪郭は
眠る場所をさがしあぐねているのかも
それにしても
それが仮寝だとしても
たっぷりと眠りたい

沈下

陸地からとおくはなれた海のほとりの
かぞえきれない段々をのぼりつめる
そこは
古代の衣装
と名づけられたフロアーだった
海のむこうから運ばれてきた強烈なにおいが
さっそくまとわりついてきて
草の葉の陰に一緒にかくれていようと言う

積みあげられた葉脈製の衣装の下に
もぐりこむ
なんだか気が重い
ドレスの袖口に手を通し
頭からすっぽりかぶると
異国の女があらわれ
知らないあいだに風色になった
ひろがる海面をすべっていく
そこではいくつもの
岩のかたちをした眼に出会った
途方に暮れる
それにしても
群がり
競い合い
大きな袋をかかえ
こちらをむいて歩いてくる
無邪気な女たちがいっぱい
陸地は
ごくわずかだが
たえまなく地盤沈下して
取り返しがつかない

予告

木の翳が入りこんできた
傷ついて
根っこで膿になって
一週間前も
今も
ずっと痛い
だからわたし
明日切開手術をします
木の輪郭がぼんやり残っている
空との臨界
その明るんでいるあたりだと思う
空にしっかり貼りついていた一羽の鳥が
落ちてきたのは

膿のまわりに泣き声を液体のように滲ませて
鳥というかつての名が
視野に透けて
あたりはひっそりと静まりかえっていた
石をひろって投げてみたい衝動にかられる
がらんどうの
生きもののなかにひろがる空き地で
人は語り合うことができるだろうか
重たすぎる百年の軌跡について思案している
たとえば
遠のいていったその瞬間
いくつもの若かった季節
残像にも似た傷ついた木の翳は
陽が傾くといっそう這うようにして
入りこんでくる
一週間前も
今も
ずっと痛い
だからわたし
明日切開手術をします

恐客

インターホンが鳴り
真昼の空に
そのとき暗闇が組みこまれ
霰が降り
また陽が照った
インターホンがくりかえしている
こんにちは
わたくし白蟻と申します
シロアリはいりませんか
なんとか押しかえして門扉をとざして
白蟻さんは帰っていった
と安堵したら
はげしい羽音が板かべのすきまを伝って
部屋のまんなかで旋回しはじめる

うず巻きはしだいに大きくなって
異様なかたまりになった
羽虫《はむし》が空《くう》を横切っていく
浴槽にもとびこんでいく
水面をびっしりおおってしまった
首を折って息絶えていた羽虫たちが
数え切れない
点
点
そして黒山
おや
白いいっぽんの糸が
そのなかからうごめきはじめた
糸はぬるぬるとのびはじめ
しめったかびくさいにおい
薙ぎ倒された角材
土まみれの
床下の大引《おおびき》
すでに食いつくされた束《つか》

とあちらこちらにのびているのは
白蟻さんの列だ！
間に合ってますから
どうぞお引き取りください
おねがいしまーす
くりかえす声が
しぼり出すように哀願調になっている
もとより白蟻さんは
帰る素振りさえみせてくれない
知らんぷり
インターホンも沈んだまま

落日

指先から
降りてきた夏の記憶が
都会の波間にふかく沈む
視界をさえぎるビルディングの

あの日の黒いささくれだった樹皮は
すっかり影をとどめない
（この哀傷の街角に
　わたしたちはなんど
　佇んだことだろう）
母と子の日除け帽子が
すとんと落ちると
そこは秋
街路樹のうしろから遠まわりして
知らんぷりしながらやってくる
負の波紋を
見ている

ナナ

一羽の小雀をくわえたまま
ナナが
蜜柑の木の枝の上でじっとしている

雀は
ナナにくわえられたままで
まだいのちを風に託している
さっき
すばやく鐘楼に駆けあがって
警鐘を鳴らしたのは
もしかして
このわたしかも
鳥のためなの？
猫のためなの？
蜜柑の木の背後に壊れた街が広がり
生き物の鼓動が
廃材のあいだを縫っている
ゆっくりとちかづいてくる
雀のはげしい鳴き声がして
不意に
もんどり打って転げ落ちるナナ
その重さを確認したのも
もしかして

このわたしかも
雀は
すでに
蜜柑の木の茂る葉のことごとくを
勢いよくはらい落として
はるかむこうの空に
吸い込まれている

気配

ふさがっていた裂傷がほころび
みるみるうちに大きくなっている
傷口からは
今にも熱い溶岩が降ってきそうだ
長い歳月
手帖に刻印された
文字と文字のあいだには
人の
街の
建物の
おびえる声
言うまでもなく
視点は中空にしっかり固定しているのに
た・す・け・て
た・す・け・て
た・す・け・て
こんなふうに声が叫んで
一瞬にして
白昼の空を焦がす
おびただしい形骸
言葉の苦海が
しのび足で
近づいてくる

（『水嵐』二〇〇一年思潮社刊）

詩集〈水よ一緒に暮らしましょう〉から

水よ一緒に暮らしましょう

水よ一緒に暮らしましょう

水は
薄明の風を孕んで
うっすらと目をあけた
それから
なにか得体のしれぬ影をとらえ
薄明の風は
ゆるい勾配の坂道をあがってくる汚れた犬のよう
尾はちぎれている
きっと遠い闇のトンネルをくぐりぬけて
ここまでたどりついたのだ
いくつもの争い
いくつもの地震
いくつもの津波そして火事
天変地異を孕んで
水はいっそうふくれあがり
今にも空のむこうへ吹きとばされそうだったから
ともかくわたしは家にかくまってあげることにした
縁側と座敷を
行ったり来たり
階段を上がったり下りたりして
今日からは一緒に暮らしましょうね
こんな機会はもう二度と来ないわよと言って寄り添い
手をのばし
こころゆくまで愛撫して
水はわたしとしゃべっている
わたしも
水としゃべっている
このうえない至福の刻
どうしたのでしょう
でも水はぐったりしていた
かすかな息づかい

青白いホタルになっていった
陽の光に侵食して
これは
まぎれもなく薄明の風を孕んだあの水なのに
それからのわたしは
水をペットボトルに入れて
まいにちまいにち
携帯していとおしむ

わたし蛇になりました

側溝の割れ目にはまりこんで
蛇の眼が
金色にひかっている
何かを訴える声もする
眼は
ほんのひととき
しっとりと濡れたようであった

芙蓉の葉陰で
昼下がりの
つかのまの至福のときを持っていたのは
石でできた
もうひとつの蛇の眼かも
ひととき前に
いくさが起きていた
眼は
海のむこうに注がれる
ひかりが像をむすび
一直線となって大風のなかを疾走する
わたしは中庭に腰掛けて
横なぐりの雨を
全身に受けている
しぶきが
移動しはじめた
樹皮製の地図がつぶれてしまいそう
雨はさっきよりはげしくなってきた
わたし

動けない
庭の芙蓉も眼に入らない
両手をのばして
手探りで鍵を開けようとするのに
がんじがらめにしばられて
音見えない
怒り見えない
黄土色した目前のなか

奔《はし》る風

槙の木の内側に
風が湧き立つのを見た
とあなたは言った
風の空洞に身をまかせて
しなやかに
あっちの
木の枝から
こっちの木の枝へ
蜘蛛の糸は
わたしの目のなかを渡っていって
湧き立つ風が木の懐をからめとっていくのを
わたしも見るわ
言いかけて
口を噤む
風が湧いて
銀色の蜘蛛の糸が
すべるように延び
と思ったら
となりの山茶花の中空に
一瞬に
奔る風
音はない
あれはわたしの目の錯覚
あるいは
疲労
音はないのに

木は攫われている

沼という名の訪問者

そのとき沼は
猫の額ほどのわたしの庭に
足音しのばせてやってきた
いくつものしずくが
爪先を這いあがってくるので
わたしは逃げまわる
水位は確実に越えていた
すばやくわたしの蔵書を積みあげて堰きとめよう
きのう読んだ本の一行を小脇にかかえ
闇を穿つ
闇のまた闇をまっしぐらに走り
地球の傷口を蓋してしまおうなんて
わたしにできるかしら
楡の木のてっぺんに駆けあがり

あした天気になあれ
おおきな声で歌いながら
庭を見ているのは
死んだふりの言葉かもね
沼はまたしてもやってくる
こんどは泥濘になって
今宵
また雨
庭の水位は
あがる一方

幻塔に籠って

気がついたとき
わたしははてしない塔のなかにいた
(塔はほんとうにあったのかしら)
目をとじて
わたしはものすごい二百十日の風に震えていた

県下に強風波浪警報のテロップが流れる
おびただしい金属の破片が
風のなかをきりきり舞いながら
飛ばされていって
はげしい音をたてるので
わたしの呼吸もしだいに荒くなる
その夜のはてしない塔のなかでの行為についてはを
言葉にしたくないと思っている
するつもりもない
水びたしの
夕ぐれの空も
身ひとつ
なんにも持たず
さんざん逃げまわったあげくのはてに
はてしない塔にたどりついて
わたしとともに
夜を過ごした
それにしても
樹木の裂けた幹

ちぎれた葉
その乱舞
横倒しになったガラスのない窓枠や
からっぽの容器も
風とおなじかなたに
飛ばされていって
空の深さははかりしれないと思っている
それほど深い
テリトリーの範囲をすでに越えている
塔は
駅前の道を北西に歩いていって
そこを曲がってまだまだずっと遠い
あそこに見える山すその更地あたりから
漂着したらしい
(塔はほんとうにあったのかしら)

夜明け前の客

雨には
輪郭がない
百日紅も
金木犀も
はげしい雨にたたかれて
大地にはなびらを落としている
ゆうべは
雨の音のなかで
乾いた爆音を聞く
庭木の繁みは
そのすぐあとすこしくずれたようだ
奇妙なきしみ音をたてることが多くなった
音には輪郭がない
雨も
音も
輪郭がないのは不便だ
方角がわからない

正面はどっち？
突き当たりはどっち？
どこにこころがあるの？
かいもく見当がつかない
むこうも
こっちも
水びたしのなかで
百日紅も
金木犀も
おびただしい葉を落としている
葉は
風にも捲かれている
だいじょうぶよなんて言っていられない
ゆうべ
はげしい音のなかに
乾いた爆音を聞く
ふかい木立を震わせていた
わたしはじっと眼をつぶり
雨のなかにいる

わたしも輪郭を失うかも
そうあってはなるまいと
必死に耐える

追ってくる影

軋み音がして
夕日が移動する
やわらかな羽毛のようなものが
はこばれてきて
ひとときもしないうちに
雪
とても寒い
手をとりあって
からだとからだで
あたためよう
寒いと心臓も痛い
いつのまにか雪は霙になっている

樫の木の荒い表皮が割れ
そのとき
不吉な奇妙な影
手をつないで逃げよう
さざんかの花の芯
その黄金色のさらに奥ふかくへ
わたしたちは逃げるしか手段《てだて》をもたない
ここならなんとか平和に暮らせそう
と思ったのに
むこうからものすごいスピードで追いかけてくる
こんどは正体不明の黒いかたまり
ふたたび逃げる
町も家もテーブルも目に入らない
昔このあたりに住んでいた
という思い出なども木っ端微塵
そのころからずっとわたしたち
見えない影に
追われ逃げている

行方不明

めざめると
いたちのように
さっとよぎるものがあり
とびかかっていく声があった
それをふたつにたたんで
箱の中に入れようとしている
それにしても
思うように指がうごかない
花々は沈黙し
昼と夜
外と内
もうろうとして区別がつかない
動くものにねらいをつけて
ずっと身をひそめてきたしとねは
すっかり消えている
ドアをあけると
声は四方に飛び散った

その破片のひとつひとつが
足もとに冷たく
わたしはびしょぬれになった
とおくで硝煙のにおい
とびかかっていった声の
輪郭がつかめないでいる
声には記憶がないから
その出自はきっと闇
あっちからきました
耳たぶのうしろに誘われて
まなじりをあげる
空はすでに
黒煙に包まれていた

地下水脈に誘われて

声がした
まぎれこんだ地下水脈にはかすかな白い光

ああ　夜明けの風の道
と思ったとたん
水平につづく祠の入り口で
わたしは一羽の鳥の遺骸をみつけた
首を天空にさらして
眼は見開いたままで
足くびには
かつて裁縫箱にしまったはずの赤い糸が
しっかりと結びついていた
見開いたままの眼差しの
骸の上の
光と飛沫
なんて美しいのでしょう
わたしはびしょぬれのまま
たがいにからだをあずけてみつめる
そのからだから水のしたたる音がして
手乗り文鳥のピピが呼び寄せられた
肩といわず
頭
腕
わたしの手の食パンにも飛び移ってきた
見慣れた鳥かごにも
ピピの乾いた羽の音
遠くで炸裂する銃声の
鋭い破裂音
人が倒れたかも
あるいは倒れなかったかも
一羽の鳥の死のドラマについて
さらにはその冷めた沈黙の意味について
声はすれど
なにも見えぬ
この地下水脈の深い場処

いくつもの顔になって

うわさがドアをたたくので
そっとあけた

それらしいのが首をかしげ
裏の家の土塀に飛び移って
こちらを見ている
なあんだ
それってかわいいんだ
わたしはドアをしめる
そのとき
まっ黒いものがみるみるひろがって面積になった
大きな空が水の底ふかく沈んでいく
わたし
石
投げる
すきとおった波紋がひろがって
なんて美しいのでしょう
わたし
石
投げる
なおも投げつづけようとしたら
それはとっさに

ドアをこじあけて入ってきて
口から口へと飛び移る
得体のしれぬ
としかいいようのない
でもほんとうになんていえばいいのか
押し入り強盗ともちがう
今まで見たことがない
特別の顔をしていた
わたしの目の下の隈を
やおら指でつついて
しのび笑い
それから黙って出ていって
きのうもきょうもあいかわらず
口から口へと飛び交っている
それっていくつ顔を持っているのか
さだかではない

不気味な鳥影との対話

光が羽ばたいて
くるくるくるくる飛びまわるのをみている
腋の下から乳房のあたりがなんだか冷たいのは
大きな鳥がつばさをひろげ
水面を歩きまわっているからかしら
最近しだいに息苦しくなった
よくよくみると
鳥は
微細な光
そして
光は鳥だった
いつのまにかわたしの胸に棲みついて
ものすごいスピードで成長している
胸を貸した記憶はないのに
山を越え
野原をわたり
いくつかの脇道に迷いこんで
川から遠く離れた
木のてっぺんめざしてあるいているうちに
物かげでは甘い言葉の誘惑が横行して
そのうえ談合のうわさ
気づいたときはもう取り返しがつかない
わずかな風にゆれる
わたしの足もと
その深い闇を
不気味な鳥の影が
四六時中往来しているなんて
これは旅先の夢かしら

風の町で

風の町で
まいにちまいにち空をみているのは
わたしの目です
どしゃぶりの日には

すべりおちる雨水を容器にうけ
いちもくさんに駆けぬける風をあび
風の音に手をさしのべられて
抱きよせられた
と思ったら
するりとすりぬけて
目は
木のてっぺんで
じぶんの手足を洗うのをみている
風の町で
稲妻がはしるくぼみのふかい淵を
まいにちまいにちのぞきこんでいるのも
わたしの目です
這いあがろうとするのに空はすべって
とても爪がたたない
あの日から
風の町がきえて鳥の鳴く声がしない
どこにも鳥がいなくなった
わたしの目は
空に貼りついた
いちまいの葉っぱです

ぶ厚い本のなかのみずすましたち

水が積もる
こんな予告が
庭の茂みにとどいたら
わたしの樹木は季節とはなんの関係もなく
いっせいに葉を落とすでしょう
庭いちめんに散り敷いた
青いじゅうたんの上の
芳香ただよう在処からは
ふたたび葉が舞いあがり
わたしの本のページも
風にあおられるようにして
めくられていくでしょう
樹芯をながれる水音は

遠くに逝ってしまった母のおもいでに似ていた
音をたてないように
あたりに気を配りながらやってきた
といくらいっても
水には水の音があり
それはやがて
わたしの一冊の本のなかに吸い込まれていく
みずすましや
あめんぼうが
足もとで発生したとだれかが告げにくる
そのときだった
わけのわからない声をあげながら
やみくもに樹という樹がぶつかる
よくみると
一冊の本は
よじれて倒れて水まみれ
風にあおられるようにして
めくれていく
ぶ厚い本のままで

ことばが足りなくなり
やがてからだはすこしずつすこしずつ
冷たくなるでしょう

花に誘われ

そこは朽ちた二本の棒切れを渡しただけだが
ひっそりと棲息する場所にもなった
いつからだったか知らない
つまさきが
その棒切れに触れたとでもいってしまおうか
それでもそのままだったら
たやすく消えてしまったことだろう
息をころして仕掛けた地図のまったただ中で
時をきざみ
うっすらと
未来にむかってながれる空気について
ことばをさがしていると

その中心に
けっして動かない
黒点のような生き物が
透けて
そのうしろからひかりが射してきた
ああ
中空はすでに
ぎんいろの奸計にはりめぐらされ
その先端をつまもうとしても
わたしの指さきが硬直している
それでもわたしは三白草《どくだみ》の群生をよみがえらせたい
三白草はたがいにひびきあい
つめたい水に濡れている
黒点のような生き物は
今どこにいるの
さぐりもとめるわたしの指さきの
硬直した指さきに意思を溜めて
未来へ
動きだす

予感

八年目の記憶

八年目の記憶

こんなふうに大地に身をまかせよう
とじた眼はそのままにして
しらじらと明ける夜いちまい
はさみで切りひらいてみよう
震えるゆびさき
さけて通ることはできないから
一瞬のあの逆さ吊り
はじめから冗談であったなら
宙空をぷらっとおりて
年始まわりに出かけたかも
めざめて
でんわ線のなかに記憶ひろって

素足がまだ痛い

揺曳

坂道をくだって
ガードレール沿いに歩いていると
卯の花のにおう垣根に出た
ゆらりゆらりゆらりゆらり
日本の国は夢見心地です
ひょっとしてここは卯の花のつぼみのなか
中空に
薄暮
そこからは
あなたの肩
あなたの背中
あなたの腰
てさぐりでなお
ゆらりゆらりゆらりゆらり降りたそこ

なんと呼んだらいいのだろう
ぎんいろの大きな鳥が空をわたり
飛行機雲の軌跡が
はるかむこうの岩山に消えていくのを見ている
ひろがる黄土色がすっかり廃墟になるのも

いもうと考

たぐりよせているのに
手ごたえがない
細い紐の先を
なおも引っぱっていると
いもうとは冬のひかりの内側をなだれ
ひろがりながら溶けている
ここは
絵のなか
わたし
逃げたことあるよ

という声
さっきよりもっときつくたぐりよせる
すると木の枝の交差するあたりが
とがって火になった
火はみるみるうちに
絵のなかを焼け野原にする
絵は音ではないので
修羅場はきこえない
夕焼け空よりもっと赤い
絵のなかのいもうとは
うつむき加減で熱心に非常食を食べている
わたし
割り箸のまえにいるよ
まだ食べのこしがあるよ
ここは
絵のなか
これがその焼けて爛れた痕跡あるいは輪郭
しっかりおぼえていてね
指さして

いもうとは冬のひかりの内側をなだれ
ひろがっていく
溶けていく
炎のなかを跳びはねて死んだいもうとの
その日づけ
その刻限
机上の染み

坂道

めざめると
晴れわたった中空に
ぎんなんの実がいっぱい
昨夜のあらし嘘みたいね
あれ　頭上にひろがる樹々の梢が
いつのまにかあんなに色づいて
梢のむこうの

ひびわれた坂道には
駅へと急ぐ人々の靴音が見えるのだった
わたし
その道を駆けながら歩くの
あなたに似た影追って

それにしてもホームのベンチに
あなたがいない
足もとに
かれんな
つゆくさひとつ
なにげなく充たされる

あとはなんにもいらないから
といって駅へとつづく坂道は
ただいま渋滞中
ごろりと横になる秋たけなわ
わたし
もう歩けないわ

舞い舞い

風が舞いはじめて
肩甲骨のあたり
降り積もった足跡が
大きなくぼみになっている
その傾斜をなぞるあなたの指に
風がまとわりついている
そんなふうにあなたはわたしの首筋にささやいた
指が産毛にさからいながら
背中の凹凸を越え
しだいに向こう岸へとくだっていく
ふたたびあなたはわたしにささやくので
わたしは
あなたの実況放送がおもしろい
それで背中は目になって
あなたの指が
すっかり消えてなくなるまで
物陰からみつめていた

物語はしっかりと記憶にとどめなくてはならない
ところで
わたし
いつからか
肩が凝って首がまわらないの
五十肩かもね
目の前を
修復不能になった破片が
鳥のかたちして舞っている
むきだしになった傷口が
舟のかたちして
飛んでいく
みんなどこまでいくのかなあ
そのうえ
わたし
いつからか
物忘れがひどくなった
うつつ症かもね
あなたがそっとなぞったわたしの肩甲骨のあたり
そこに降り積もった足跡の
大きな大きなくぼみの記憶も
すでにぼんやりしはじめている

失語症

いましがた落ちたひかりは
水滴かも
しぶきがあがり
夕闇は波紋をひろげる
そのふかい淵をのぞきこんでいる
数珠つなぎになった自動車のテールランプが
あんなに遠くまで延びているわ
と思ったとき
わずかに水がこぼれ
咄嗟に
くちびるを
手でふさがれた

声は水のにおいにみちびかれ
急勾配をそろりそろりそろり
輪郭だけを指さきにのこして
行き先も告げず
どこかへ行ってしまった
風のうえにいる気配
もうけっして会うことはないだろう
ともあれ行き交う群集に肩を押され
だれひとり知る人のない
こんな庭にとりのこされて
わたし
今
失語症なの

しきりに

わたしの脳裏では
ことばが

深みにはまって溺れるのを
他人ごとのようにみてしまうことがある
とおくで
霧笛の音
あっ
はまる
足首をつかまれて
水底に勢いよく引きずられると思ったとき
はげしい羽ばたきがして
海岸通りの高層ビルめざして飛翔する鳥
それはわたしの内部に
ながいあいだ棲んでいた
すでにわたしそのものだった
四六時中
さえずっていた
と思っている矢先に
その声がはるか彼方にいってしまう
もうみることはできないかも
それからはそんなに長い時間を必要としなかった

からっぽになった巣のなかに
がやがやがやがやがやがやがや
侵食してくることばがのどいっぱいにあふれ
あたまのてっぺんまで水びたしになる
こぶしを振りあげて
しきりに撃ってくるものがある
その一歩先では
つるりとはぐらかすのもある

燃える岩

枝という枝に
無数の岩のかたまりがぶらさがっている
鴉の目線になって歩いていく
空は破れ
穴だらけ
岩は空を突き破り
燃えながら落ち

そりゃあもう生きた心地はしなかったわよ
となりの奥さんと
そのとなりの奥さんの立ち話を
小耳にはさんで
すたこら歩いていく
いつのまにか公園に出た
こどもがたくさんあつまっていた
ここにも岩
その割れ目に指を突っこんで
遊んでいる
とがった岩の先端をつまんでいる
声をかけて
どんどんどんどんどんどんどんどん
青桐
山茶花
舗道の街路樹
木という木のことごとくに
大きな岩のかたまりはぶらさがっている
岩は

はるか遠い国から爆風にとばされて
破片になりながら落ちてきた
わたしは
坂道の手前で
もう歩けなくなっている
からだが重い
わたしの肩に岩
手足
胴体に岩
子宮のなかにも宿ってしまったかも
岩はそうやって空を突き破り
今も燃えながら落ち

叢《くさむら》

ジシバリ　チガヤ　イノコズチ
引き抜いても
削り取っても
生えてくる
カヤツリグサ　エノコログサ　ドクダミ
引き抜いても
削り取っても
生えてくる
空《くう》のむこうへそのまたむこうへ
家も人生も叢におおわれてしまいそう
庭木戸に下り立つと
すでに石になった花冠に腰掛けて
あなたが指さした中空に
どっぷりと頭まで沈められた痩せた女が
叢でできた古びた浴槽から立ちあがるのが見えた
ふらりふらりゆれている
女の裸身が
夕映えに染まっている
わたしのなかをしたたりおちる鈍音
引き抜いても
削り取っても
生えてくる

叢の深みにはまりこんでしまって
わたしもうすこしで
溺れるところだった
やっと這いあがる
爪が割れて痛い

（『水よ一緒に暮らしましょう』二〇〇三年思潮社刊）

詩集〈学校〉から

Ｉ

惨劇

群生する
ドクダミ
掻き分け
その白い十字の花を摘み
カプセルに詰め
校舎の
裏庭に
埋める
指さきに残る強烈なにおい
摘んだドクダミの白い十字の花ひっさげて
テニスコート脇のイチョウの樹の根もとに
文芸部の部室にも

玲子は
埋める
埋める
いっぱい埋める
ずいぶん遠くへきてしまったね
学習園の花壇に咲く
マリーゴールドをバットで殴って
たった今
その花の
首を折った少年は
さっき猫を刺したと血糊のついた刃物を差し出した
(だれか聞いてもらえる人はいなかったのかしら)
少年はもういない
激昂する感情を
壊れた家に閉じこめて
少年は谷をわたる
(出会いがしらにわたしたちはことばを交わすことはなかった)
靄のかかった森の奥

よくみるとクモの巣に
ベニシジミの死骸がひっかかっている
名を知らぬ巨木の根もとにはさっきの血糊のついた刃物
惨劇のすこし前
たぶん少年は
ひとさじの水を欲している
その少年はもういない
白い顔が
ぼんやりみえる
さっきの少年とは違うまた別の人影
こんな日の夜は
月も
星も
出てきてほしい
玲子は空を仰ぐ
教室の
窓の下には
ふかい沈黙
そのときプロムナードを黒い影がよぎる

旅人かもしれないね
あんなに急いで
どこへ行くのだろう

事件

私語が
教室に反響して
背骨につきささる
ミズキは
さっきから黒板の字をノートに書き写している
背中で私語をききながら
先生の口もとに
目を集中させている
広場では
すでにレジスタンスの運動がひろがり
ぞくぞくと詰めかける
私語は
すでに奔流となっている
男の子が小石を投げる
それを合図に
まわりからの小石がつづく
またそれを合図に
教室のなかはメールを打つ音
（みんなは何をしているのでしょう）
背骨がずり落ちそう
押し流されてしまいそう
堪えられるだろうか
ミズキは
どうしても大学へ行きたいと思っているわけではない
それなのに鉛筆をにぎりしめて
問題を解く
習慣のように
今日も教室に座っている
背中で私語をききながら
先生の口もとに
目を集中させている

小石が投げられ
ミズキにも
今正解のメールは届いた
時間がずれていく
つぎつぎとひろがっていく波紋に乗せられたと言えば
言い訳になってしまうわね
（答案用紙なんて破り捨てたい）
昨日とおなじように
しきりに
白いものが舞う
学校
という場所
椅子の背もたれにからだを預け
奔流に飲みこまれそうになりながら
ミズキは手をあげて
質問する
（先生！　港が見えません！）

朝礼

ひばりが
やっと校門にすべりこんだとき
すでに朝礼は始まっていた
指揮台の上では
DDTを楡の木にまきちらしたので
鳥がいなくなった話
それから
イリノイ州ヒンスディルの町でも
同じようなことがありました
キクイムシが
樹皮にトンネルを掘って街路のアーチが枯れ
一週間で鳥が絶滅しました
校長先生の話はまだつづく気配
さっき号令をかけ列を整えてやっと作った長方形は
はや歪んでいる
指揮台の下では長方形をつくった人が
遅刻者の列に入れと

ひばりに
目で合図をした
いつみても恐い
生活指導部の先生
脇を指さきで突く子に
寝坊をしたことをひばりが告げる
となりの子が
そのとなりの子に耳打ちする
（面白くないんだってなんとなく寝坊してなんとなく来
　てしまったんだって）
またそのとなりの子が
その子にからだをすり寄せて
ひばりの遅刻のわけを聞く
列は思い思いの角度に
ずれていく
ずれていく
長方形は菱形になって今にも倒れそう
こんどは長方形を作った人がこぶしをふりあげて
突然大声で叱りつける

それからおもむろに話しはじめる
手と足を紐で結わえてビルの屋上から飛び降りた高校生
　がいます
遺書はありませんでした
ずれた長方形はずれたままで
血まみれの
男生徒と女生徒の死体を思っている
恋人の顔を思い浮かべている
馬鹿げたことをするのではありませんだなんて
ほんとうに馬鹿げたことだろうか
ひばりは
もっと聞きたかった
それから
指揮台の前に並んで
図形で聞かされる学校という場所の不思議について
思っている
もうそのときには指揮台の上の声は
聞こえなくなっていた

前ぶれ

登校する生徒の列が
プロムナードから加速度をつけ
足早に校舎のなかに消える
繰り返し
反復されて
学校の朝がはじまる
今日
校門脇の花梨が淡紅色の花をことごとくひらいた
マヒルは
教室から教室へとふれあるく
花はやがて大きな実をむすぶ前ぶれの印
わたしは夢を見ているのですか
自問しながら
中空を横切って
門扉を開ける
遅刻はいけないよと閉じた門扉に激しく頭をはさまれて
ひとりの女子高校生が死んだ

学校は
外側へ外側へとなだれ
交差点を渡って
国道二号線へ
始業のベルが鳴って一目散に駆け込んだ命は
もう帰ってこない
帰ってこない
そう
けっして帰ってこないのだ
かすかな内面の音
ふるわせて
校門脇の花梨が思い思いに花を落とし始めた
おびただしい落下音
マヒルの耳に
まっすぐとどいたその音をなぞりながら読む
みずからの所在
を咽喉もと深く
受け止めなさい

教室

黒板を背に立つその人は
乱暴に文字を書きなぐる
大きな声をはりあげる
黒板は文字でいっぱい
持ち替えた黄色いチョークが
ここは大事だよといいながら
ぐるぐるぐるぐるぐるぐるぐるぐる
囲む
囲む
囲む
目を細めながらその人は
こんどは赤いチョークで太線をぐぐっと引く
おもむろに質問を投げかける
だまって立つ木
わかりませんと泣きそうな声の木もある
「かえでさん！」
首をすくめて

黒板を背に立つ人の視線を避けていたのに
とつぜん名指しされて
かえでは吃音で悲鳴をあげる
起立した木々は
手をつないで歩きだした
寡黙な影になって
風に吹かれながら
エメラルドグリーンの小さい鳥が葉陰から飛び出して
やがて
浮上する
情景たち
教室はすっかり里山になっている
首筋をすっきり伸ばし
遠く未来をみつめる
七十六の瞳

遠い日

音楽が止んだ
もうすこしで
アキラと手をつなぐところだったのに
ファイヤーストームを囲んだフォークダンスの
あの文化祭の打ち上げの夜
運動場いっぱいにひろがった
全校生の大きな踊りの二重の輪は
ひとりずつずれていって
ああ　じれったい
見えない視線を
ぼんやり待つまなざしは
どうして暗い方へ暗い方へと逸れていってしまうのか
サユリは目をつむる
足もとには眠っている赤ん坊
抱き方がわからないの
あやしても泣きやまないの
悲しくなって揺すると赤ん坊はもっと激しく泣いた
サユリも一緒に泣いた
明るさが信じられなくなってから
もうひとりのアキラが邪魔をする
目をつむっても逃れられないことを知った
ねじれて
もだえて
それでもやがて空のかなたに菜の花畑がひろがり
いちめんに敷き詰められた黄色い色彩の下から
草が現れ
草と草はたがいに手をつなぎたげに
くるりくるり
くるりくるり
あら　アキラ
ここにいたのねといって
いつまでもいつまでも踊っていたかったのに
アキラがいなくなって
サユリは
歩いて
歩いて

さまよい歩いて疲れている
母子ふたりの
こころもとない今のこの暮らし
音楽が止んだ
アキラとサユリの足首に絡まったかもしれない赤い糸が
火の粉になって夜空に消えていって
ドラマは
今も道に迷ったまま
サユリは踊りの輪にたどりつけない
ファイヤーストームの火も消えかかっている
学校は
ずっと遠くなりました

II

椅子になるまえ

風の流れを指先にあずけて
わたしの椅子を探している
石
砂
廃材
そのかぼそいかけら音のかたわらのうす闇のなか
音はしだいに透きとおりそこらじゅうを駆けめぐった
と思ったら
ぼろぼろぼろと崩れていった
風の内部から

　こんこん　こんこん　こんこん
　こんこん　こんこん　こんこん

来る日も来る日も風が湧いて
見えない波紋が脈打つ
椅子の
在処《ありか》は
砂まみれ
ここはさっき通りすぎていった風の底

こんこん　こんこん　こんこん
こんこん　こんこん　こんこん

来る日も来る日も風が湧いて
飛沫はどこまでひろがっていくのでしょう
その風の距離をまさぐりながら
わたしの椅子を探している
肩の荷をおろしてもいいですか
珈琲が飲みたいの
なんて言葉にならないのは
冬枯れの荒野に紛れこんでいるからか
椅子になるまえの堂々めぐり

呪縛

記憶が
虚空に
波打ち
地上のかたちあるすべてのものが
つぎつぎと崩れ落ちてくる
あぶなくて時空の隙間に退避する

ざわざわと
虚空
憑かれたように移動するきしみ音はつぎの音に重なり
ふるえる音は
どの方角を向いているのかまるでわからない

こんな秋の夜はロッキングチェアーに体をあずけて
虫の音を聞いていたい
中原中也の詩を読んでいたい
それなのにおびただしい
土砂
塵埃《ちり》
口の中いっぱいにあふれだして
記憶が

虚空に
波打ち
どうかせめてしばしの休息！
祈って村に帰られるか
橋のたもとまでたどりつけるか
ざわざわと
虚空

風景が
地面が
ばらばらになって
明日へと越えられないまま

宿命

うつぶせの格好をして
ぶらさがっている果実を見たからといって
それは
わたしではないのです
すでに熟成したその銀色の実は
ゆっくりと部屋のうちがわをなだれ
やがて醜くなるでしょう
強いにおいを放つでしょう

森のむこうと境界線を持たない部屋
そのうちがわをのぞいたからといって
そこは内部ではないのです
あなたがわたしで
わたしがあなたで
ときに腐葉土を伝って
ほろほろほろほろほろほろほろほろほろ
崩れていって
内部のない部屋のうちがわはすでにふかい空の絶壁です
なにげなく外をみると雨
さんざめいて
這いあがろうとする言葉は
電話でのおしゃべりかなあ

うつぶせの格好をしてぶらさがっている果実よ
そのまま濡れてなさい
幾千のかぞえきれないラブレターを書いてなさい
あなたが耳元でこんなふうに囁いたからといって
すでに熟成した銀色の実は
ゆっくりとなだれ
やがてあなたも醜くなるでしょう
強いにおいを放つでしょう

III

予兆

蔓は　ねじれたかとおもうとからみあい
やがてするするほどけて　地平線のよう
に這い　その線の上半分には　十一月の
空　下半分からは　容赦なく吹きあがる
砂あらし

零れ落ちる　ひそかな音を掬う　わたし
の指のあいだに　見たこともない一匹の
大きな幼虫　二階の屋根まで伸びたジャ
スミンの蔓に　黒々とぶらさがっている
果てしないかなたが見える　疼きが見え
る　震えも見える　と思っていたら蒼い
顔　黒くなった唇が現れた　照準を合わ
すと　野良犬の　むき出しになった歯

（こいつは死んだふりをしている）

言い終わらぬうちに
一発の銃声
さてさて
そういうことだったのか

得体のしれないこんな大きな幼虫が　は

るか遠くの地平線の果てから　なんのまえぶれもなく届いた朝の陽射しの下で（あれなあに）ジャスミンの蔓にぶらさがった　その黒い不気味なかたまりを指さして　わたしを見上げる幼な児よ　その澄んだ瞳の深部にあふれる詩を　今わたしは書きとめる

窓

沈む竹林に手をさしこんで　地下茎に鋏を入れている　ひたひたひたと足音　わたしの背中をよじ登ってくる　伸び放題の　竹　竹　竹が生え　いつのまにか一列に並んで境界線に立ちふさがっている
わたしの頭蓋にまで　侵入してくる気配
丑三つ時は
狂気でいっぱい
世界がみえない
その地下茎を引きずり出し
あちこち何度も鋏を入れるのに
竹は
列を組んでひろがり
そしらぬ顔でじっと目を凝らして
海のかなたをみている

海をみている竹を　わたしは頭蓋に小窓をあけてみている　どんなに手をさしこんでも　深い地下茎には届かない　その根を切断しようなんて　だいそれたことかしら　ふすまをあけるとそこはどしゃぶり　狂気でいっぱい　世界がみえない

幼な児は詩人

まあるい野原のまん中で　こどもがちいさな箱を両手でしっかり抱えている　こどもはあっちにもこっちにも　だっこだっこの詩を書き散らすので　若い母親はうれしい悲鳴をあげながら　かたっぱしから拾って　ポケットに入れていく　日暮れ時の原っぱの輝き

こどもは
夕陽のなかに
無造作に指をつっこんだ

一枚の葉っぱをとりだして　ちいさな箱の中に入れる　猫をとりだしては　バナナをとりだしては　ちいさな箱の中に入れる　葉っぱはアッパのまま　猫はニャーニャのまま　バナナはバのまま入れて

こどもは大事そうに箱を抱えながらせっせせっせせっせ　だっこだっこという詩を書き散らす　まあるい野原のまん中で

—なかなかやるわねぇ

こどもが抱えこんだ言葉の箱をのぞきこんで　若い母親は上機嫌　その至福　言葉とは一体なんだろう　指を夕陽まみれにして　しだいに重たくなっていく　こどもが両手でしっかり抱えたそのちいさな箱は　若い母親が伝えていくものの始まり

IV

八月の妹

電信柱が焼けて倒れてきた
何かがせめぎあい
はじける音がする
その炎のなかにいるのは
わたしです
焼夷弾が降るなか
燃える街の火が髪の毛に燃えうつって
かくれんぼでもするようにいなくなった妹を探して
駅に着いたのは暮れ方だった
無数の静まりかえった視線が流れる街なかを
わたしはシロツメグサの野原を這うように歩いた
青い門扉に
手をかけたとき
姉ちゃん寒い

と声が言う
診療所だったか
境内だったか
その横手の空き地まで歩いてきたとき
いちまいの青桐の葉が
中空にかかった水がめのなかにしずかに投げ込まれ
それが合図であるかのようにあたりは暗くなった
名前を呼ぶと
かすかな
呼吸音がする
何かがひそんでいるような
さっきの声は
どこへ行ったのだろう
気配はあるのに
その炎のなかにいるのは　わたしです
その炎のなかにいるのは　わたしです
遠い
八月の風の中で
今も震えている

妹よ

めくるめく

自転車置き場の
ペダルとペダルのすきまにはまってもがいているのは
巨大なジャコウアゲハ
もがけばもがくほど
あたりいちめんに閃光を放ち
飛び散り
鱗粉だらけになり
わたしは息ができない
目をあけてはいられない
ほうほうのていで逃げ込んだところは
球体のブラックホール
ドアには鍵がかかっていた
ここは
内部であるか
外部であるか
入った記憶だけはぼんやりとあるのに
進入経路については不確かで
足場は
今にも崩れそうだ
眼下には
通学児童の列
乗用車や大型トラック
一筋の川が流れている
夏の夕暮れは
まばゆいほどに鱗粉だった
そういえば
世界は
飢えと血で
こうして詩を書いているあいだも死者はとどまるところ
　を知らない
それを止めるすべさえない
夏の夕暮れはいてもたってもいられない
自転車置き場の

まばゆいばかりの鱗粉
めまいのように
時として閃光を放つ巨大な球体
そのブラックホールの
夏の夕暮れ

赤い実

強い風が吹いて
書斎のドアがおおきな音をたてる
書物が風にあおられ
ひろげたページがめくれ
わたしはとっさにてのひらで押さえる
からだごとそのうえにおおいかぶさる
髪はていねいに梳って身づくろいを整え
あの日以来天変地異には備えをしていたつもりなのに
一本の髪の毛があの日とおなじように
何度も眼のなかに入ってきて
そこはかとなくうっとうしい
そのとき
一陣の風が吹いて
机上の読みかけの書物
狭いわたしの部屋
持ち上げられ
飛ばされた
たくさんの人が死んでいなくなった
そういえばこんなふうに十代のころ書いたわたしの詩が
　ある
いつもきまって餌をもらいにやってくる野良猫の親子づ
　れも
人間もいない
蚯蚓も
土竜も
いない
世界中から生き物がいなくなる話
ほんとうにだれもいなくなった
生きて在るものの気配が

まったくない世界の真ん中で
地震に倒れた塀の下敷きになったヤブコウジの
小さな球状の
みごとに熟れた赤い実をみつめていた
そのみつめているわたしをじっとみつめる
もうひとりのわたし
強い風はあいかわらず吹いて
いっこうに熄まない
何度も眼のなかに入ってくる
たった一本のそのうっとうしい髪の毛と
わたしは
終日
格闘している

（『学校』二〇〇五年思潮社刊）

詩集〈女生徒《おんなせいと》〉から

Ⅰ　花はかがんで

コンクール

たとえば
音符を書きうつしながら
手拍子の足踏み
いきなり崩れ
ころがっていく
ころがっていく
舌の上を音符がもがきながらなりふりかまわず

いままでにもこんなことはあった
薄明の風に煽られながら飛散する音符がこんどはだしぬ
　けに
背後から曲を奏でる

こんなこともいままでにはあった
合唱コンクールの曲目は
狂想曲《カプリッチオ》
目隠しされて冥界をさまよい歩いている気分

脅迫されて断崖絶壁に立っている
とうとうここまで追われてきた
背中になにやらいっぱいしょいこまされて
制鞄にはとても入りきらない

手枷足枷きょうも帰っていく
父さん母さんの住む地図にない位置
としか言いようのない墹
そのわからなさ
の持つ重み
瀬戸際
連結部
かすかにめくれたきしみさらにめくれ

外枠をはずすと
楽譜のなかはからっぽになっている
触れたとたんに天上のはるか彼方へまっさかさまに転落
見えない底辺は轟音まみれ
それが証拠に今夜は大あらしだ
というより今夜のわたしはたとえば模擬テスト
つぎの一文は譲歩構文になっていることに留意して解答
　せよ
だなんて
タクトに合わせて懸命に合唱曲の練習をしているわたし
のくちびるを見ないふりして見ているきみが
好きだったよ

五線譜からの告白
少女の
ちいさな胸の動悸
の持つ語法《レトリック》
そのわかってもらえなさが音楽室に充満する
溺れてしまいそう

いままでにこんなことは一度もなかった
あぶないなあ
とはいえ
これであしたの優勝は決まりだね

危険がいっぱい

なまぐさい風立ち
けたたましい鳴き声
野鳥のものにちがいない

そのとき
わたしの刃物は左手首の内側を切りつけていた
噴き出す血
止まらない
止められない
かつて倒壊した木造の旧校舎があったその地滑りの
むきだしの地肌そっくりの傷口

校庭には蜜柑の木があった
枝は校舎の二階の窓にとどいていた
花が咲く季節になると
地面は真っ白
自動シャッター押して一目散に走ってすっかり花まみれ
そのうえで
こんどはにおいまみれ

まみれまみれてわたしは炭酸飲料水を飲む
舌
を刺す風
事件はいつだってなんの前触れもなくやってくる
舌の上は大あらし
ふたたび
わたしの刃物は左手首の内側を切りつけていた
近ごろは抑制が効かなくなっている
風の通り道は

黒壁のつづく質屋の蔵
老舗の菓子商
産婦人科の医院へとつながっている

風の前になったり
後ろになったり
追いかけているつもりが追いかけられて
わたし
危険がいっぱい

食べつづけ

プロムナードのあたりで
かやつりそうの群生に圧倒される
息たえだえのうつろな日々に真夏のひかり

踵を返して
敷地をまたいで

教室へ

始業のチャイムは待ってくれない
ぼくの位置はたえず移動するので
海峡まで見下ろせる
軽い悪寒におびやかされる
どこをどう彷徨っているのだろう

黒板には
慰藉・忸怩・逡巡の難読語が
消されないまま

日番の子は物理教室に行ってしまった
忘れていたけどこんどは移動教室だった
きみはよみがなをつけていくぼくをしきりに消しゴムで
　消す
窓ぎわの席で真剣に
どんなにかき消してもぼくの頭蓋はきみでいっぱい
ぼくの辞書には

きみが好きですとふりがながついている
これが　正解！

いつの頃からか栞になっているきみへのラブレター
今朝いつものように生徒手帳のページにていねいに挿んで家を出た
こんなふうにきみへの想いをとじこめたまま
制服の胸ポケットにふかくたたんで

日づけはすでに季節を変えている
気づかないうちにできたこのにきびみたいに
想い想われ振り振られなんて口癖みたいに占いをくりかえして
ぼくはずっと
このままなんて　嫌だ！

踵を返して
敷地をまたいで
もういいかいまあだだよ

近くに隠れているのは知っている
やっとたどりついた音の暗がりのなか
何万べんとなく
ぼくはこうして
きみへの想いを食べつづけ

さようなら

切り株ひとつ
あれはいつか見た風のなかの木の長椅子
羊の皮のカバーがかかっていた
ふりそそぐ春の陽光がまぶしい
乱反射
それとも逆光
あれは風のなかの木の長椅子
居場所が欲しい
木のぬくもりをたずねてここまできた

ひかりのしずくが楕円形の切り口をすべっていく
あせればあせるほど近づけない
あわよくばトンビになって空中遊泳できたのに
わたしはトンビになれないから
せんせい
さようなら

地上何十メートルかの中空の
風の通り道となった奇妙な幾何学模様の角にしがみつい
て
切り株の断面をみつめている
あたりいちめんなまぬるい風のにおい
どうしてこんなところに立ちつくしているのかなあ
居場所が欲しかったのに

道に迷ってしまった
あれはたしかに風のなかの木の長椅子
さっきから無言劇を見ているみたい

もう後戻りはできない
制作途中の粘土細工の造型は握りつぶしてしまった

神の谷三丁目の跨線橋をわたる
学校はやめることに決めた
空の高い梁
さらに高く
そこでは友だちとの交信不能
ふかい傷を負った空の底辺
メールもとどかない距離

それがはじまりだった
居場所が欲しい
ただそれだけだったのに
せんせい
さようなら
お話することはなにもありません
課題の粘土細工は永遠に未完成のままです

空だって

背伸びをしたのは青い空が見たかったの
いつもはうつむき加減で歩いているから
空はときどき脅迫するように爪を立てるけど
飛ばない鳥を飛ばし
泳がない魚を泳がせ
咲かない花を咲かせ

近ごろは空だってどうかしている
我慢は限界を越えていた
教室中を逃げまわる
男の子
女の子

鬼ごっこでもするように追いかける男の手には光る刃物
執拗にふりおろされる
こんこんと血
学校はほんとうに安全な場所ですか

学校はほんとうに安全な場所ですか
（今朝ハアンナニ元気ニ家ヲ出タノニ）

近ごろは空だってどうかしている
空の青い切れはしをつかんで振りまわしていると
きれいな女の人が
雲の晴れ間で手に持ったパンフレットをひらひらさせて
　話しかける
モニターは事件のあと校門の入口に設置された
世の中はいいですよ
世の中を買いませんか
子どもはみんなそろいもそろっていい子になりますよ

授業中の門扉はかたく閉ざされている
これはモニターからの勧誘
ぜったいに入れない
近ごろは空だってどうかしている
飛ばない鳥を飛ばし

泳がない魚を泳がせ
咲かない花を咲かせ
いったん落ちるともつれた糸にからまれて
もう這いあがれない

かすかに風が揺れ
ふかい空の葉裏
いつかのわたしの学校はあれからどこへ行ったのか
体をあずけている背骨に
痛み音
奔る

Ⅱ　後ろ姿

教科書《ほん》をひらく

教科書をひらく
土はしめりけをおび足うらに心地よい
最初のページの一行とつぎの一行とのあいだ
そのまたつぎの
行と行の
あいだというあいだにオジギソウの種を蒔く
朝はやくから水やりをしている

運動場がひび割れて水が流れはじめ
砂場の砂という砂が立ちあがった

誘導された生徒たちが避難している
職員室からは緊急事態発生の放送がひっきりなしにながれている

　生徒の皆さんはせんせいの誘導にしたがって速やかに第二運動場に避難しなさい
　もう一度繰りかえします生徒の皆さんは

窓際の席の女生徒がいちばんあとからみんなにつづいた
だから教室は空っぽ

教科書のページというページは風に舞い
不吉な予感
教卓に積み重ねられた答案用紙も立ちあがった
風に連れられて
窓から出て行く

とはいえ
わたし
あいかわらず水やりをしている
今朝は学習園の水やり当番だから安易に持ち場を離れる
　ことはできない
オジギソウのぎざぎざの葉の形状を指さきで裏返して
行と行の
あいだというあいだに蒔いたその種の重さよ
すでに教科書はくぼみ

そんなときだ
スパイクを持った手が振り下ろされたのは
裂けた眉間
噴き出す血潮
問題用紙が配られたからといってこの惨劇の顚末はとて
　も書けない
これは悪ふざけ
それとも冗談
その境界線はさだかではない
教科書はすっかり水びたし

紙の舟

ときに声なく
くねりながら流されていく
話したいことが
話さなければならないことが
いっぱいある
にもかかわらず

見知らぬ地図のずっと下

有用植物の群生に
今朝はめずらしくよい気分
擦り切れてしまう前に
歴史をたぐりよせなければならない

戸口に現われたのは紙の舟だ
それは千代紙でていねいに折られていた
いましがた女の子がその折り目に足をひっかけた
膝小僧には血がにじんでいる
いつまでたっても三歳
女の子は痛みをこらえながら
真夏の空をよじのぼり
焼けただれた町から
紙の舟に乗って帰ってきた

戸口はことし六十四回開かれて六十四回閉じられた
（おかえりなさい！）
立ちあがって窓を大きく開けた
とおもったら

紙の舟はブラックホールに墜ちて
うつろの彼方へ
幼い命の
無念の死
の影が
日増しに濃くなるのがわかる
（学校に行きたかったよぅ）
（字もおぼえたかったよぅ）

話したいことが
話さなければならないことが
いっぱいある
にもかかわらず
すでに声なく流されていく
紙の舟

お気に召すままに

ついさっき冬ざれの冷たい風の上に置いた
散り散りになったことばを見上げながら
人々がささやいている
海底に沈んでいたのにどうやって引きあげたのだろう

子どもたちは
スクランブル交差点を渡りながら
あれは落ち葉から生まれた精霊だとはやしたてる

足もとをどんぐりの実がつぎつぎと走る
冬ざれの冷たい風
そのうえに置いたことばをけっして逃さないように
苦心してせっかく拾い集めたのだもの
つなぎとめるくさりをさがしている
ことばをくさりでつなぎとめるなんてできるのかなあ

冷たい風にめくられて
めくられて
高速道路があらわれ
子どもたちは横断歩道がみつからないと泣きわめく
その声のかなたから
天上におりてくる人に出会う
歪曲した道
たくさんのペットボトルを背負い

天上に近づくにつれて
ことばはしだいに熟成する
強烈なにおい
とはいえ不快というのではない
息を殺して
ことばも殺して
殺した静寂の内側でつかまえた
その深淵の底に浮遊するものを汲みあげて
わたしはひそかにそれを手酌で飲む
ことばを乱反射させせながら

町なかの跨線橋を渡っていって
やっとたどりついた小学校の
一年三組の教室は
冷たい風にめくられていた
めくられた教科書のページを
子どもたちはおもいおもいに大きな声をはりあげて
音読に余念がない
ひらがなの
あたたかいひかりのひろがるしじまにも
強烈なにおいは滲み
刻々と時間を経て

子どもたちはときおり文字から目をあげて
一羽の小鳥がまっさかさまに墜ちるのを見ている
その教室の隅っこにわたしは腰かけていたことがある
冬ざれの
冷たい風の上に置いたことばは改ざんしていいのかなあ
それにしても
ここはどこ

あたりは真っ暗
だんだん寂しくなってきた
子どもたちは闇にまぎれいつのまにか持ち出した捕獲網
　をふりかざし
巨木の下に繰りだして昆虫採集に余念がない

息を殺して
ことばを殺して
殺した静寂の内側でつかまえた
その深淵の底に浮遊するものを汲みあげたからといって
深淵は容器ではない
ノンストップで走る大型バスが最終の発車時刻を告げた
それが何の予兆であるか
どうぞお気に召すままにとはけっして言わない

後ろ姿

悲しい目の色にまといつかれています

職員室の椅子の背もたれが肉に食い込んで痛い
定年という意味にたどりつくのに
四十年以上かかりました
教科書を机上に積んで
からむ色をたどっています

風景には実体がない
色は音
音は風
風は目
追いかけて追いかけてこれは足これは春
というふうに単語を重ねて生徒たちが戯れている

脇に置いた教科書は
いつか見た
記憶のなかの
わたしの後ろ姿
もうけっして振りむくことはない
折りたたんで積み上げた空は際限もなく高く

濃い霧が立ちこめて
前が見えない
さっきからじっと目を凝らしているのに
あたりは生徒たちの声だらけ
声しか見えない

学校の
一寸先は闇
空はほのかに温かい
またどこか路上でね
出かかった音声は消しました

紙細工

展開図を見ている
山折り
谷折り
六月の雨に濡れながら

指示されるままに点線を折る
紙のかなたから張りつめた呼吸音
閉じ込められたの
袋小路に入ったの
不安げにわたしの指さきをみつめる幼なご

仲良く食卓の椅子に並んで座って
山折り
谷折り
あの雨に濡れた紫陽花のなかでめざめる水は
絵本をあかね色にぬらして流れ出し
きっと紙の舟になる
地平線の果てまで漕いでいける
展開図に釘づけの指さきはそう言うと
いくつもの道が分岐する急坂を
一目散に駆けあがった

山折り
谷折り
気がつくとあたりは真っ暗
迷子になってしまった
折った紙の先が閉ざされていたなんて
考えたこともなかった
ここはやっぱり袋小路

紙の途上
幼なごは
不安げに
指さきをみつめたまま

（『女生徒』二〇〇九年思潮社刊）

初期詩篇

悪い通り雨

眼のふちの
腫れあがった打身の奥に
充血して震えている
そのひとつの
眼球は
冷たい
雨に
濡れていた

むらさきに縁どられた
その
ひとつの
眼球が
張りめぐらせた
幾重もの
こころの内ら側の
揺れている
驕っている
襞に気づいたとき
痛みが
通りすぎた
雨の日の
ひきつったひとときを
抱きしめていた

潤んで
もうろうとして
そのひとつの
眼球は
澄んでいる
黙っている
遠くをみつめている
もうひとつの眼球に射すくめられ

笑おうと
歌おうと
懸命になるが
私のなかに棲みついた
妬みや
驕りや
たかぶりが
大きく通せんぼうする
眼のふちの
腫れあがった
打身の奥の眼球は
直立不動
どしゃぶりの水たまりに
倒れたまま
光っていた

雨あがりの後
葉の先から
したたる雫に

逆光線の西日が射し
眼のふちの
むらさきに腫れている山ぎわを
消えていく
襞のようなものを
私は
見た

私の夏は

私の夏は
孕んだ母の子宮にあった
虫歯の痛みを飲みこみ
怠惰におぼれる季節を装い
ざりがにの殻を脱いで
しゃぼん玉の夢をまき
光も
影も

音もにおいも
よろこびも暗闇ものたうって
あつくもがいていた
母の子宮

人々の夏は
後ろむきになって
喋ろうともしない
プラタナスの街路樹
草は花は
地面を這いつくばって動かず
蝉は白い腹を上にして
アスファルトで焼け
午睡の準備をしはじめていた

私の夏は
睡眠不足の幼児の記憶
昭和二十年七月四日
孕んだ母の腹部に頭をぶつけ

煙と散弾
防空頭巾
残照とは似ても似つかぬなかを
訳もわからず走っていた
黒くただれた地面
焼けぼっくいの郊外
私の右の手を放ち
蔦のように這いつくばった母の子宮は
黒い肉片を焼け跡に刻み
ふるえていた

私の夏は
姉として名告ってやれない遺言状
今日もたちこめる煙を
薬味のように味わっているのではない
青桐が落とす黒ずんだ葉が
母の肩にかかるとき
私の夏は
三十五年の歳月を透明にする映写機

落とし穴

さりげなく
いちまいの問題用紙を配ると
空白の部分に
答を書きこんでいく
生徒たち

春が
頭の上を
行ったり来たりする
学年末考査の
いちまいの問題用紙のなかに
私は
落とし穴を
きちんと仕掛けておく
生徒たちは
かげろうに手をかざし
落とし穴をまさぐって歩く
鉛筆の芯は疲れて
十字路に這いつくばり
ゆき止まりの肩をたたいて
空白の部分に
囚われの身体を
塗りこめる

仕掛けた私と
仕掛けられた生徒たちは
舞台と客席ほどに隔たっているが
その隔たりのなかに
幾百幾千
仕掛けた私でさえ気づかない
落とし穴があり
仕掛けた私が
決して落ちないなどとは
言えないことだ

光の縞が広がる
日射しのなか
仕掛けた私は
仕掛けたつもりの私であって
仕掛けられた生徒たちとの
鬼ごっこは
今日も
続いている

たとえばの話

たとえばの話
華やいだ少女たちに出くわすとする
私はためらいがちに目を伏せる

たとえばの話
少女たちの一人が格子縞のスカートを履いているとする
私は紺や赤や黄色のその格子のなかに素早く逃げこむ
逃げこんだ格子のなかで少女たちのお喋りを聞く
格子縞の枠組みは不安定だから
真夜中の埠頭で海に放ったゴム風船みたいに頼りない

たとえばの話
たとえばでたとえてみても少女たちの二倍も年をとると私のこころはいつもひそかにくすぶっている
たとえばでたとえられない年をとって華やいだ少女たちに出くわさないことだと置時計の金文字の背中に隠れているのに時を知らせるついでに置時計は私の

所在も知らせてしまうから私は
少女たちに出会わない訳にはい
かない

たとえばの話は
私と少女たちの鬼ごっこ
乾いた舌を濡らし摩周湖だと意
地を張って指さしてみてもそれ
は名もない湖

（以上四篇、『失われた調律』一九八一年芸風書院刊）

青桐

棟より高い青桐が
庭を領して枝葉をひろげ
真夏の太陽光線を遮断していた
晴れた日でさえ
その下は死の灰が降るようにくろずみ
私を
戦争の歴史に
立ちかえらせていた

闇が青桐を包み
重たい時間が流れていくと
昼間よりあかるい照明弾の閃光が
庭先にひろがり
そこは防空壕のつきあたりになった

幾百羽の雀の大群が
中空から翔び立つ晩秋
青桐の葉は
蝙蝠のように羽をひろげて墜ちた
錆びた鉄の梯子を組み立て
私はやにわに
青桐の幹に駈け上がっていった
斧をふるう
狂ったようにふるう

青桐は悶々とのたうち
雀の巣をぱらぱらと落とした

さて　私の行為は正当防衛であったか
落下したのは
青桐でも雀でもなく
私自身であったか

青桐という方程式にはいつも
解なしの答えがかえってくるのだが
とがった月の光を飲んで
いっぽんの青桐が立ちはだかるかぎり
門口にはいつも
弔旗がかかっていた

夜話

ぼんやりと揺れる黒い影絵

すべり台をおりるときの傾斜に似た
ほそいからだの線をガラス窓にうつして
ことし受験生となった娘は
昨夜と同じ影絵をつくる

風がガラス窓を音立てて
吹きつけている冬の夜
娘は
したたかに
城塞を築いている
積みあげた参考書と問題集で
何千時間を費やしながら
丸い背中に描いている未来への構図
展げている物語
深夜放送のニューミュージックだけは
あいも変わらず流しつづけて

影絵を目線で追いながら
ただいまとつぶやくとき

つながっていくのは
小学校一年生当時の
厳しい寒さの冬の日のことだ
アパートの鍵をあけると
火の気のないうす暗い畳の上で
おりがみを無心に折っている幼女がひとり
その丸い背中は
母の帰宅をまだ知らない
ただいまと
ことばにはならなくて
薄くらがりにつきあげてくる熱い思い
出かけた時そのままのちゃぶ台が
うるんで見えなくなったその瞬間
しっかりと抱きしめていた
あの　厳寒の日の光景をくぐり抜けて

人一倍　寂しがり屋の娘が
ことしは受験生となった
何千時間も初めて自室に閉じこもるときは
母という名に引きずられていた娘の
季節が変わるとき
影絵の鼓動を聴きながら
夜更けてもなお綴っていく母の
見えない話
聞こえない話

ヤモリと少年

通勤の人々で
車内は混雑していた
座席にすわって少年は腕をひろげたり
両手を頭よりたかくかかげたり
さっきから奇妙な動作をくり返している

疲労が網膜にたちこめていたけれど
単調なリズムに身をまかせている人々には
少年の不思議な行為について

気がかりだった
電車の激しい振動直後のことだ
その黒い偏平な
ゴムの切れ端のようなものが
少年の突き出した指先から落ちたのは

座席と背もたれとの隙間からすべり落ちた
その黒いゴムの切れ端を
少年は器用につまみ出すと
ふたたび手首に乗せる
と　ゼンマイ仕掛けの玩具のそれは
小さく盛りあがった少年の
力こぶめざして這いあがっていく
まだ子どものヤモリだと気づいたのは
そのときだ

淡路島に沈む夕日が
擦過する時間を金色に染めあげていくころ
少年は

塩屋の駅から六つ乗りついで
学習塾へと通っていく
肩にかけた布袋のなかで
ふでばこや下敷がカタカタと鳴り
ヤモリは
裸の姿を濡らす車内の灯りに
脅えていたが
垂直によじのぼらせては
掌のなかへ落としこみながら
遊びの時間の延長線上に遊んでいる少年の
陰影であるヤモリを
いとおしいもののように包みこんで
少年は
学習塾へと通っていく

消えていったもの

放りあげたボールを

受け取るしぐさで構えていたのに
ボールは勢いをつけて空にのび
いくら待っても落ちてこない
構えた手と見上げたままの眼球は
あんぐり開けた口のおまけまでついて
今もカメラにおさまっている

あのときのボールはどこへ消えたか
土を蹴り跳びあがったもののあてはなく
宇宙遊泳という手もあると知りながら
熱く灼けただれて消えていった
とらえどころのない球体について
しきりに考えこむようになった

酷熱の夏が地面をめくりあげていく
刈りこんだばかりのバベの木の幹に
裸になった青虫は
棲家をさがしてうろたえている
悲鳴をあげている

居住権について訴えている
慰めのことばをグラスに注ぎながら
とおく空をみつめて過ごすしかなかった
名を知らない木々のてっぺんに
夕焼けがもつれていた

寂寥のむこうに
老いていく時間の足音を聞いていると
脱ぎ捨てられて流されていく衣服を見た
あとを追って舌の先で拾っていくと
舌は浮力を持つことが証明される
衣服を脱ぐのは
抵抗を小さくするためだなどと
理屈を合わせてみたところで
待っても落ちてこないボールについて
謎は深まるばかりだ

（以上四篇、『危機たちの点描』一九八五年摩耶出版社刊）

散文

モダニズムをめぐって――竹中郁のばあい

たまたま、辻征夫『私の現代詩入門』（詩の森文庫、思潮社）を読んでいたら、「詩人の風貌――丸山薫の二、三の作品について」のなかに竹中郁が出てきた。丸山薫も竹中郁も「四季」の詩人である。丸山薫の関連で竹中郁が出てきたからといってとりたてていうことではない。しかし、ここで辻征夫が丸山薫の詩「病める庭園《には》」の中の第二連、第四連、カタカナ書きのフレーズをめぐってその見解が自分とは違うとして引き合いに出している伊藤整と竹中郁の、とりわけ竹中郁のその見解に私はちょっとびっくりした。

「病める庭園」は百田宗治主宰の「椎の木」創刊号（大正十五年十月）に発表され、後に丸山薫の第三詩集『幼年』の巻頭に置かれている。

静かな午さがりの縁さきに
父は肥つて風船玉のやうに籐椅子にのつかり
母は半ば老ひて　その傍に毛絲を編む
いま春のぎやうぎやうしも来て啼かない
この富裕に病んだ懶い風景を
誰れがさつきから泣かしてゐるのだ

オトウサンヲキリコロセ
オカアサンヲキリコロセ

それは築山の奥に咲いてゐる
黄色い薔薇の葩びらをむしりとりながら
またしても泪に濡れて叫ぶ
ここには見えない憂欝の憻へごゑであつた

オトウサンナンカキリコロセ
オカアサンナンカキリコロセ
ミンナキリコロセ

この詩を読んだ、丸山薫とおなじ「椎の木」の同人の一人であった伊藤整は、真昼の空しい空虚感とヨシキリの啼き声を「オトウサンヲキリコロセ」という言葉で示した効果は鋭く、自分が考えた詩句の効果の中には一度も思い浮かばないものだったと賞讃した。孫引きになるが、竹中郁は一九七六(昭和五十一)年に出た『丸山薫全集』の解説で伊藤整を踏襲しながらこんなふうに言っている。

この〈病める庭園〉の中の擬声音を用いての日本の家族制度への怨嗟の声は、それを読んだとき、わたくしも大いに同感した。声は単に〈オトウサンヲキリコロセ　オカアサンヲキリコロセ〉だが、いかにも巧みな着想の中に理想をもった青年の横顔が凛として見えるようだった。ただの巧みと言ってしまえる代物ではない、男々しい決意のタッチにえぐられた彫物のようにみえた。

辻征夫はそのうえで「ヨシキリの啼き声」とする伊藤整の擬人法説にも、竹中郁の擬声音説にも疑問を投げかけて、そのどちらでもない詩の言葉だというのだが、竹中郁はなぜ「オトウサンヲキリコロセ　オカアサンヲキリコロセ」から、「日本の家族制度への怨嗟の声」を聞き取り、また「理想を持った青年の横顔が凛として見えるようだ」と言ったのか。「病める庭園」のカタカナ書きのフレーズは静かな午さがりの日常的な時間から投げ出され、現実の時空を越えた詩的世界を構築するには十分すぎる鋭さをもって、読み手のこころに陰鬱な影を投げかけずにはおかない。私は、この詩を読んだとき、竹中郁は瞬時に自分の幼少期の生育歴が頭をよぎったのではないかと思った。周知のとおり竹中郁は生後満一年のち、叔母の嫁ぎ先である竹中亀太郎の養嗣子にもらわれている。養父母については竹中郁の「自略譜」に「幼児より身体虚弱、養父母の玩弄物として育てられ、執着がうすく、持続性なく、徒に神経質、二十歳過ぐるまで菜食にて育つ。養父の日夜の遊蕩の目付として、花柳界、妾宅などに時を消すこと多く、暗澹たる幼時を送る」と書きつけているが、竹中郁は丸山薫の「病める庭園」のうえに、めずらしく自分の生育歴の陰鬱を見、そこに生きた日々を重ねたのではなかったか。「オトウサンヲキリコロセ　オカアサンヲキリコロセ」という啼き声を言語化しながら詩をつくる丸山薫のモダニズム感覚を竹中郁はいちはやくキャッチして、その時代の青年の思いとして読み取りこの竹中郁の言葉となった。その時代の青年の思いとは、ひとことで言ってしまえば父権の否定、家父長制の否定ということになる。時代の青年は時代の父性とたたかい、それを乗り越えて生きたところに詩（＝文学）が生まれた。竹中郁は先に書いたように養父母に育てられてはいるが、なに不自由なく育てられており、けっして不幸ではない。時代に後れまいとする不幸への憧れ（＝不幸感覚）が先の丸山薫詩の解説になったと思う。

これとは逆に、このハイカラ好きな養父母から竹中郁が多大な影響を受けたことは、竹中郁が詩にワイシャツ、ネクタイ、スーツケース、テニスコート、インキなどのことばを、日常生活のなにげないもののように使っていることからも察せられる。養母は早くから竹中郁に洋服を着せたり、洋食を食べに連れて行ったりし、養父はスコッチを一晩に一本空けたり、強い西洋への好奇心があった。サーカスや手品、バイオリンの演奏会にもしばしば竹中郁を連れて行くなどしている。竹中郁詩の特徴とされる、瀟洒で、モダン、機知に富んだあたたかいユーモア、エキゾティシズムといった詩風を生んだ土壌はこんなところにもあった。

知られるとおり竹中郁の詩壇への登場は一九二三（大正十二）年、北原白秋の「詩と音楽」に作品を投じ、その年一月一日発行の「詩と音楽」新年号で「新進十一人集」のひとりに選ばれ、詩四篇が掲載されたことだった。竹中郁十八歳、第二神戸中学校五年生の三学期の、卒業直前のことである。その四月には私立関西学院文学部英文科に入学。四年後の一九二七（昭和二）年三月、卒業してまもなく竹中郁は北原白秋を頼って上京。養父の亀太郎は卒業と同時に家業を継がせるつもりだったのに、竹中郁の文学への熱意に押し切られるかたちで、東京行きを認める羽目となった。当時は息子の熱意だからといって押し切られることなど考えられなかった家父長制度下の父権をここで思ってみるとよい。竹中郁のこういった家庭事情は竹中郁という詩人の誕生にとってむしろ幸運だったといえる。先に私が竹中郁はけっして不幸ではなく、不幸への憧れが言わせたといった理由もこんなところにある。それどころか亀太郎は竹中郁になかなか好意的だ。北原白秋に手紙を書いて、白秋から「近代風景」の編集を手伝わせる旨の返事を取りつけたり、竹中郁の実兄石坂慶一郎を東京にやって白秋邸を訪ねさせ、「白秋が竹中郁はなかなか見所があるからフランスへでも行かせて勉強させたらどうか」といったという報告を受けたりしている。北原白秋がそういったからかどうかは知らないが、竹中郁は画家の小磯良平と一緒にヨーロッパに行っている。ベルギー、スペイン、オランダを渡り歩いて、パリでは多くの画家やジャン・コクトーなどの詩人とも出会っている。そして、かつての東京暮らしの際、顔見知りになっていた春山行夫と近藤東の誘いで、同年九月に創刊された春山行夫編集の「詩と詩論」にパリから作品を寄稿してこれに参加している。その作品群は一九三二（昭和七）年八月と十二月に刊行した第三詩集『一匙の雲』、第四詩集『象牙海岸』と成った。

ここで、外遊に出る前の竹中郁の詩をひとつ。よくあちこちでとりあげられているのでどうしようかと思ったが、やはりこの詩は避けては通れまい。芥川龍之介がほめたという第一詩集『黄蜂と花粉』のなかの「晩夏」という作品。

果物舗《くだものや》の娘が
桃色の息をはきかけては
せつせと鏡をみがいてゐる

澄んだ鏡の中からは
秋がしづかに生れてくる

竹中郁より十歳年上の西脇順三郎は、この詩について「竹中君の代表的な詩風と思う」としてこのように絶賛した。

これはコクトーではなくてよりランボー的だ。このイメジのはでやかさはランボー的であるからだ。これはいわゆるウィットの詩作ではないからである。またこの詩作には理想的な詩作の方法がひそんでいる。夢と現実とが混合しているのでなく化合している。（略）竹中君のこの詩は超現実の世界だ。しかも一般の読者にわかりやすい例である。

幼かった私の記憶では、戦後まもないころ、果物屋には板のような台があり、その上に色とりどりの果物が並べてあった。台の横の片側の壁には鏡が取り付けてあった。竹中郁がその店先を通りかかると、鏡にはりんごやみかん、ぶどうなどが写っていたのだろう。当時は高級品だったバナナもあったかもしれない。大きな口を開けて若い娘さんが桃色の息を吹きかけて拭き取ると、鏡は透明感を増し、赤や黄、紫の色彩が鮮明になる。さらに澄み渡った秋の空の青が写し出されたとき、鏡のなかからは、りんごでもみかんでもぶどうでもない、そしてあの晴れ渡った青空でもない「秋」が静かに現れてくるというのだから、私たちは竹中郁の手品を見ているようではないか。これが竹中郁のモダニズムである。たった五行でもって、読み手のなかに、色彩感に富んだユーモアのある抒情をじわじわと沁みこませてくる。私はここでふと思った。おそらくこの詩には竹中郁の手品の種、仕掛けがあるのではないかと。オブジェと言ってもいいが、やっぱりまた別の言葉でいえばたくらみとか装置とか。

その手品の種はここでは「鏡」にほかならない。同じことは四行詩「テニス」の「日曜日のお天気は／毛毬《ボール》のぐるりに燃えてゐる／／僕たちのラケットが鳴るたびに／お天気は一層晴れ渡る」にもいえる。手品の種は「ラケット」である。そこにテニスのボールを当てて乾いた心地よい音をひびかせることによって、日曜日のお天気をいっそう明るくはなやいだ気分のものにする。「晩夏」は一九二五（大正十四）年八月の「豹」創刊号に、「テニス」は同年十一月の「羅針」復活第七号に発表されているが、このふたつは竹中郁二十一歳の作。若くしての竹中郁の、詩人としての才能を見る思いがする。

ここで、先に登場してもらった西脇順三郎の詩が私の頭をよぎる。

太陽

カルモヂインの田舎は大理石の産地で
其処で私は夏をすごしたことがあつた。
ヒバリもゐないし、蛇も出ない。
ただ青いスモ、の藪から太陽が出て
またスモ、の藪へ沈む。
少年は小川でドルフィンを捉へて笑つた。

竹中郁の「晩夏」を評して「これは超現実の世界だ」と言った西脇順三郎は、『超現実主義詩論』を書いたシュルレアリスム詩の中核的存在。詩の舞台は「カルモヂイン」という大理石の産地でどこか外国の地名らしい。聞くところによると、こんな地名は実際にはこの世界のどこにもないらしく、西脇順三郎が作り出した架空の地名ということだ。そんな在りもしない外国の場所を設定して、詩にリアリティをあたえようとした。私がこの詩をここに出したのは西脇順三郎が竹中郁の詩を評したのと同様、西脇順三郎の代表的詩風がうかがえるし、その詩の作り方がよくわかると思ったから。最後の行の「ドルフィン」というのは海豚のことで、海豚はとうぜん「海」に棲息する生き物なのに、そこにいかにも日本的な里山に似合う「小川」をもってきて「海豚」と「小川」という異質のものを結びつけて、あたらしい関係を作り出そうとしている。

地名といえば、西脇順三郎はほかにも「シ、リヤ」(「旅人」)「ヒベルニヤ」「アトランチス」(「カプリの牧人」)というように、遠いどこか外国の地名を思わせてそこを詩の発生する場所としているが、竹中郁はごく近所の、通りがかりの果物屋の店先だったり、自分の家の庭の、虚弱体質だからといって親が作ってくれたテニスコートだったり、あくまでも日常生活のくらしの場所を詩の素材にしており、そこでのモダンな歌い方、詩の作り方が面白い。

さて、関西の詩人安西冬衛の詩「春」に目を転ずると、私が高校に入学してまもないころ、題名も作者も知らないのに覚えていた簡潔な一行の詩があった。友達と一緒に道を歩きながら、早口言葉にして互いに一息で、舌をかまないように言い合いながら遊びにしたのがこの「春」だった。いつ覚えたのかさえ記憶にない。

てふてふが一匹韃靼海峡を渡つて行つた。

大阪の「創元」という茶房に安西冬衛や竹中郁、小野十三郎、伊東静雄、井上靖らが集まってそこでおもいおもいに原稿を書いたり、談笑したり、若い長谷川龍生らにも声をかけたりしたという、今日の私たちには羨ましい話が杉山平一『戦後関西詩壇回想』に出てくる。余談だが、『回想』のなかに、ある人が「牛が一頭、道頓堀を渡っていった」と同じじゃないかとからかったというエピソードも出てきて笑ってしまった。安西冬衛の詩は短いものと散文の形をとったものとに大きく分けられるが、蝶をてふてふ、間宮海峡を韃靼海峡と表記したり、蝶と韃靼海峡との奇抜な結合、関係性を駆使したり、レトリックの妙味でもって、たった一行でも詩は立派に成立することを、安西冬衛は作品で実証した。

もうひとつ、これは安西冬衛の、読みやすくて印象ぶかい「再び誕生日」という詩。

私は蝶をピンで留めました——もう動けない。幸福もこのやうに。

食卓にはリボンをつけた家畜が家畜の形を。

壜には水が壜の恰好を。

シュミズの中に彼女は彼女の美しさを。

「再び」とあるのはその前に「誕生日」という詩があるから。リボンで飾られた七面鳥や、水が入った壜。水は流動し、形を持たないから、入れる容器の形によって丸くなったり、三角にも四角にもなり、その属性をこんなふうに言葉にされるとびっくりさせられる。シュミズは今ではスリップというが、その中の彼女の美しさを想像させて、ちょっと心ときめく誕生日の晩餐風景だ。モダンで、ハイカラで、絵画的、人と物の配置、室内の空間まで、なんだかこちらにまで伝わってくる気配だ。さすが、安西冬衛はすごいモダニストである。
ところで興味ぶかいのは、モダニズムの詩人といっても竹中郁のモダニズムは安西冬衛とはまた違ったコースをたどっていることだと思う。

たのしい磔刑

子供の一人と背中あはせで
寝床のなかで寝て思ふのです
——この子は鳩かな
——この子は風琴かな
——この子は鉱脈かな

鳩なら　飛べよ
風琴なら　歌へよ
鉱脈なら　光れよ
せまい寝床も
くるしい夜も
なんでもなく過ごせるのです
この動悸うつ木の柱にくくられて
手足もしびれる　たのしい　たのしい磔刑《はりつけ》

一九四八(昭和二十三)年刊行の第七詩集『動物磁気』収録の一篇。「磔刑」といえばキリストの背負った十字架が頭に浮かぶがそんな冷たい残酷なものではなく、背負っているのは四人のおさなごだから竹中郁は楽しくてしかたがない。竹中郁はみずから詩集の「あとがき」で、告白しておくと前置きして、これは転機になった詩集であること、自分自身を勇気づけるために編んだことなどを記したあとに「わが国では詩作一本では一家を養ってはゆけないのが通り相場である。しかるに敢てその道をえらんだのは、詩を文化財の一つとして一般に認めさせたいからに外ならない。詩人であると同時に社会人でなければならない。そのつもりでわたしは詩を書きつづけている」と書きつけた。比喩といい、着想といい、竹中郁独自の、軽妙なユーモア、洒脱、戦後まもない時代への風刺もあって、かつての『象牙海岸』のころとはいささか違った抒情詩人としての色合いを帯びながら竹中郁のモダニズムはここでも健在である。安西冬衛のような純粋モダニズムとはいかないが、竹中郁は昭和初期のモダニズムを少しずつ氷解させながら、生活の中に在る不思議な竹中郁特有の抒情を自分のものとしていった。安西冬衛について竹中郁は、同じ『動物磁気』のなかの詩「生きてゐる十人の友の墓碑銘」で「君の義足の歩きっぷり／えらいものだ　君の詩のやうだ」といっているが、さすがレトリックの妙手。安西冬衛は歩けないぶん、想像力をたくましくはばたかせ、竹中郁は一家を養うため、口を糊するため、といいながら芯から詩が好きで、子供が好きだったのだ。せっせせっせと詩を書き、「きりん」の児童詩の仕事を本懐とした。同じモダニズムの詩人でも、竹中郁の詩が安西冬衛の詩と違うのはこんなふうに生活者の自覚と子供へのふかい愛情に通底するものがより竹中郁にはあったからだと思う。一九六五（昭和四十）年八月二十四日に安西冬衛が「ジュウリング氏疱疹状皮膚炎という病気でなくなったとき、竹中郁は「病名まで安西君らしいね」といったという話だが、これはモダニスト詩人とその人を送るもうひとりのモダニスト詩人とのあたたかいエピソードだ。

ここで最初にもどらねばなるまい。丸山薫の詩に怨嗟の声を読みとった竹中郁はおそらくは無いものねだりをしたのだろう。それが私には不幸への憧れとみえたのだが、思えば、竹中郁の養父などはこの時代のなかでは度はずれた逸脱者だったろう。「暗澹たる幼時を送る」の「自略譜」の一行はその孤独を物語るものといってもよい。こうして「養父などキリコロセ」という竹中節にかわったとき、西脇順三郎とも安西冬衛とも違う生活派的な、情緒的な竹中郁が誕生したのではないだろうか。

（「イリプス」15号、二〇〇五年四月）

原体験と追体験

二〇〇六年度のＮＨＫ杯全国高校放送コンテストの創作ラジオドラマ部門で、兵庫県立須磨友が丘高校放送委員会の「潮騒ノ記憶」が全国優勝の栄誉にかがやいた。脚本を書いた三年生の千田理沙さんがさっそく電話で知らせてくれた。以前私はこのクラブの取材を受け、私の神戸空襲体験を話したことがあったからである。

ドラマは一九四五年三月十七日の神戸空襲の夜、炎のなかを逃げまどう十二歳の和美と姉の千代姉ちゃんに、男が「火を消しに行け」と日本刀を振りかざす。千代は和美に逃げなさいと言い、自分は火を消しに戻るが、そのまま消息不明となり、遺骨さえ見つからないままだ。和美はどうしてあのとき千代姉ちゃんの手を引っぱってでも一緒に逃げなかったのか、「わたしが千代姉ちゃんを殺したんや」と泣き叫ぶ。六十年後、「千代姉ちゃんが身代わりになってくれた」と、神戸空襲をはじめて孫に話して聞かせる和美に、「おばあちゃんが生きててくれたから、うちはここにおるんよ」と語る孫のセリフは印象的だ。

放送時間はわずか八分足らずだが、タテ軸がしっかりしており、なによりも脚本がいい。若い千田理沙さんの、長い時間を越えて命を考える感性のすばらしさに打たれた。戦争の悲劇を自分のこととして受け入れて熱演する、五人の部員たちの迫真の演技にも同様に打たれた。

ところで私は、空襲でふたりの妹を亡くしている。かつて私はそのことを『ヨシコが燃えた』という詩集に編んだ。ヨシコは三歳。その夜、国民学校一年生の私と手をつないで逃げていたが、爆風に吹き飛ばされ、ヨシコは髪の毛に火がついて、全身火傷を負って死んだ。神戸空襲で家を焼かれ、姫路の母の実家にやっと身を寄せてわずか一カ月後の、二度目の被災のなかでのできごとであった。その日の昼に生まれたユウコは二十一日間生きただけで死んだ。このことを歌った一冊の詩集のおかげで、高校生たちが訪ねてきてくれて、はからずも今年私の詩集『ヨシコが燃えた』も蘇える形になった。

いずれにしても、戦後も六十年も経つと、どんどん原体験者（直接体験者）はいなくなっていく。人間の命にかぎりがあるように、原体験にも限界があり、原体験はその人がいなくなると同時に、同じようになくなる。戦争のような不幸な出来事は、今度は須磨友が丘高校の生徒たちのような若い世代が追体験世代としてしっかり自分の問題として考えていってもらうほかない。と思っている私はこんなふうにそれが実践されていっていることに深い感銘を受けた。追体験とは、言葉をかえれば現実をつかむ想像力がなければ実現化しない。つまり体験しなかった出来事などを聞いたり読んだりなどして、自分の感性のなかでそれを咀嚼し生きる糧にしていく能力を指す。原体験とはこういう場面では、逆に追体験世代にしっかり理解される内容でなければならない。そんなふうに語らなければならないということだ。

詩集『ヨシコが燃えた』の刊行は一九八七（昭和六十二）年。終戦から四十二年後の、私が四十八歳のとき。今から十九年前である。六歳の私が四十八歳になって、四十二年前の原体験がやっと私のなかで詩の言葉になり、詩のなかに登場してきたことの意味について、私は今考えている。なぜ、書こうと思ったのか。今ごろになってあらためてこのことがしきりに思われる。私にも子どもが生まれて、その子が当時のヨシコや私の年を通り過ぎて、そして私自身は一年一年、歳をとり、そのときの母親の年齢も越えた。作品活動をして言葉と取り組んでいるあいだに、あの深い体験が今なら書ける、いや今書かなければならないと、そのときそう思ったのだろう。あるいは生きるということを考えたとき、私たちはじつに多くの死を犠牲にして生きているのではないか。私の生もヨシコの死の犠牲のうえに成り立っているのではないかと気づいたとき、書かなければ、という衝動が私を突き動かしたのだと思う。結果的にはこうして今読まれて、若い、まったく戦争を知らない世代に受け入れられたとしたら、それはたいへん有難い。あれからさらに十九年経った今、この詩を書こうとしてもはたして書けるかどうか、はなはだ心もとない。

「私のモンペをにぎっている小さい手／火を踏んでヤケドをした足うら／姉チャン　アンヨガイタイ／泣きなが

ら／ふるえる声で／ヨシコは何度もいうのだけれど／黙って私は走っている／国民学校一年生の私に／知恵はなく／群れの後ろについて走るしかなく／逃げるしかなく／／／そのとき／道端に積みあげられた枯れ草が燃えて／ヨシコが燃えた／焼夷弾が／舞いながら／火の粉吹きあげて落ち／それから／爆風に飛ばされて／高架下の橋げたまで／空き缶のように転がっていった／ヨシコとふたりして」

これは長編詩「ヨシコ」のパートIIIの部分。

正確に原体験としての戦争を「ヨシコ」一篇に集約されていくような体験が、もっと若いときになぜ、と思わないわけではないが、私にとってはそれだけ長い時間が必要だったのだろう。原体験という体験はしたくて出来るわけではない。それが言葉になるまでには原体験のための追体験（それ以後の生き方）の検証も必要になる。考えてみれば、私たち戦争体験者世代にとっては、それだけで暗黙の了解のようなものがあって、共通言語として平和とか革命といえばひびきあう世代ともいえる。今この詩集を読み返していると、その戦争体験世代の暗黙の了解のようなものにもたれかかって、情緒で書いてしまったきらいもあり、情緒で伝えるかぎり所詮は一過性だし、一九四五年をバックボーンに読まれているかぎりやっぱり弱い。

刊行から十九年も経って蘇えらせてもらった『ヨシコが燃えた』という詩集からいろんな思いに誘われる。戦争を知らない若い世代の人たちに追体験してもらえる、了解なしでわかるヨシコを書くことを、今後の課題にしなさいと、逆に若い人から言ってもらった気がしている。

（「月刊国語教育」二〇〇七年二月号）

震災のなかで

異常発生

未曾有の大震災から半年、今年の夏は百二十年ぶりの暑さだとか、インド並みの暑さだとか言われている。神戸ではこの特別な暑さと大震災後遺症が重なったせいかどうか、例年にない生物の異常発生をみた。

七月当初、今年は蟬の声を聞くことができないのかと気をもんでいたら、月半ばになってからは二、三年分の蟬がいっせいに土の中から出てきたかと思うくらいのやかましさになった。朝起きて窓を開けると、ウァーンともザァーッとも言いようのない蟬の声が室内に飛び込んでくる。近所に禅昌寺の大きな森もあるせいで、もともと喧しいのに、今年はいっそうの激しさで、いっこうに止まない。

八月に入って、やはり衰えることのない蟬の声を気にしていたある日の夕方、今度は米櫃の中に小さなゴミのような生き物が動いているのに気づいた。一ミリほどの、明らかに虫の類で、今まで見たこともないものが動いている。ルーペでのぞいてみると、米粒と米粒のあいだを出たり入ったり、数え切れないほどの小さなものがしきりに動いている。米を研げば虫そのものは水に浮くから何度か洗っているうちに流れてしまうが、それでも今までにないことだけに気になる。

そうしているうちに、長田区に住む知人から飼い犬が死んだと電話がかかってきた。それも千匹ほどの蚤が犬について、ものすごい勢いで血を吸ったので、弱って死んでしまったという。びっくりしてさらによく聞いてみると、蚤は夕方窓を開けるや否や固まりとなって飛び込んできたという。あっという間のことだった。襲うように飛び込んできた。知人のすんでいる近辺は比較的地震の被害は少ない方だったが、直後に火が出て、あたりは焼け野原となっていて、無人化した更地が広がっている。蚤は綿パンのひざ小僧から下、ゴマをまいたようにくっついているし、じゅうたんは毛がもぞもぞと動く様子が見えるほどだったという。一匹一匹つまんで左の親指の爪の上に乗せて、右手の親指の爪でプチンと殺す、そんな戦後の一時期にやったような悠長なことは、この際していいる余裕はなかった。結局、ガムテープを十個買ってきて、押しつけて取り、保健所が教えてくれたDDTもスミチオンも役に立たず、ダニアースパウダーを二十個ちかく家中に撒いて退治したそうである。犬の治療費と入院費、埋葬代、殺虫剤代、タクシー代を含む諸雑費など三十二万円、これが一件落着までに要した費用の全部だった。異常発生と、市内の広大な空き地化と、異常気象と、関係ありやなしや分からない。

(『神戸ノート』二〇〇五年編集工房ノア刊)

長浜行き

古い商家や船板塀の町並みのなかに、めずらしいガラス工芸品や、実際にガラスを加工する工房があると聞いて、長浜まで出かけて行った。JR神戸駅で一時間に一、二本ある新快速長浜行きに乗ると二時間ほどで着く。神戸からはたいへん便利になった。

電車が神戸駅を出た頃から気になっていたが、芦屋、西宮と車窓の景色が移り変わるにつれて、木々や家々がなんとなく傾斜しているように感じられて、弾んで出かけてきたのがまたしても萎えていく。傾き後遺症というやな気分だ。しかし、電車が新大阪に着いた頃にはそんな思いも吹っ飛んでいた。

その日は北近江秀吉博覧会が催されていて、三つ設けた会場の周辺には幕が張られ、町はたいそう賑わっていたが、冬を思わせるような厚い雲が垂れこめ冷たい強い風が吹いていた。

ところで、この長浜は近世、浜蚊帳と浜縮緬の集散地として栄えた町である。江戸時代初期から、原料の麻を越前から買い入れ、周辺の農村が余業として生産、以後明治にかけて、町は織物で豊かに栄えた。おかげで白壁に囲まれた数々の珍しい商家がたち、その建物が独自の湖北の風景を生み出していった。おまけに長浜はもともと、日本海方面と京を結ぶ交通の要衝である。そのひとつ北国街道沿いに風格ある古い銀行を改造して今では二十館からなるいろんなガラス館の通りがある。町並みを散策しながらガラス館に立ち寄り、アクセサリーや小さな細工物、ガラスの食器、世界中の有名な工房の作品の展示販売品などを見てまわるのはなかなか楽しい。江戸時代の商家のたたずまいをとどめ、十九世紀と二十世紀末のヨーロッパガラス芸術の流れが展示してあるこのあたりは、まさに和洋折衷の異空間と呼んでいいだろう。しばし、現実を忘れてしまう。日頃の疲れが癒され、温かなひとの心が醸成されていくような至福を思った。

明治に入ると、全国で三番目に鉄道が敷かれたというこの長浜の小学校や銀行は、みな町民の力によって建てられたとあるが、その力が今、遠く神戸の地へ、私たちをお手本にしなさいと呼び寄せてくれたのだろうか。

(『神戸ノート』)

繰り返し問われる記憶の場所

阪神・淡路大震災から四度目の一月十七日が明けた。そして、五度目の一月十七日へむかって歩き始めようとしている。その第一日目に当たる「今日」という日を今年も大切に思いたい。

私は今、最寄り駅への道を歩いている。市場の、勤務地の、親しい友人と会うための行き帰りに私がいつも通る道である。あの忌まわしい一月十七日の前の日も、その前のずっと長い歳月、それから、そのあとの昨日だって、今だって、私にとって日常の一部、暮らしの一部、と言ってしまっていい道である。

一月十七日がめぐってきて、あの日、この枯れたいちょうの街路樹の下で、避難所をしめ出されて行き場のない老夫婦が毛布から目だけを出してうずくまっていたのを思い出した。路面には南北に亀裂が走り、人々が倒壊した家屋やがれきのあいだを右往左往していた。それから四つ辻をふたつ南にくだった街の上空を赤い炎が焦がし、黒い灰を私はしきりにかぶったのだった。

被災地神戸に四つ目の冬がめぐってきて、そんな私の記憶の中にも四つ目の冬がめぐってきている。そのあいだの移り変わりといえば、この四つ目の冬が巷間に震災の風化をささやきはじめていることである。いや、巷間ではない。私にしても一月十七日がめぐってきて今、あの日の臨場感に立つ始末になっているではないか。

ふと、五十四年前の神戸空襲が記憶に甦ってきた。昭和二十年六月五日だった。

焼ける街の、火の粉降りしきる中を、父に抱きかかえられるようにして走った幼い記憶を思い出している。焼夷弾が空から落ちてくる不気味な音、何かが勢いよく爆《は》ぜる音がまるで昨日のことのようだ。

空襲はにんげんによる空からの焼夷弾攻撃で、地震は自然による地下の活断層の揺れである。このふたつには違いはあるけれど、破壊と死者、がれきと炎とにんげんの悲惨、阿鼻叫喚であることに違いはない。

火の中をくぐって姫路の母の実家に身を寄せた同じ年の七月、私は二度目の空襲を受け、親戚を転々とした末、兵庫県宍粟《しそう》郡の奥深い山里に縁故疎開した。

神戸空襲から四つ目の春がめぐってきた年は私はかぞえ十歳で、疎開先から神戸に帰ってきて二年目だった。

街のあちこちにはまだ戦争のにおいがしていた。いくつも残っていた防空壕跡の、暗い穴の奥のしめった土のにおい、地下道に染みついた労務者の衣類や体の汚れたにおい、焼け跡の焦げたにおい、焼けただれた釘の、鉄くずのにおいにも戦争のにおいはあった。

おとなたちはそのころからいささか冷めた目で戦争について考えはじめていたのではないか。父や母の、まずしい食卓を囲んでのそういった話題に私はじっと耳を傾けていた。

記憶をたどれば際限なく引き出されてくる。これがにんげんの体験というものだろう。

にんげんは震災にしろ、戦災にしろ、あるいは肉親の死に別れなどについても悲惨な出来事はなるべく思い出すまいとして生きているふしがある。あるいは他のもっと良いことに置き換えて都合よく生きていると言ってもいい。けれども必要なときにはしばしば記憶となって甦る。記憶とはそういった営み、意識下ではいつも常駐しているものだろう。

今、私が歩いている道の両側にはあの神戸空襲をかろうじて逃れた家、戦前からの家族の記憶をいっぱい抱きかかえて一生懸命に戦後を生きてきた木造の家があった。それが一軒もなくなっている。古い家はどれも解体され、新しく建て直されている。そのどの家も今様に洒落た風情となり、街の景観をすっかり変えてしまっている。けれどもよく見ると、どの家も似たようなプレハブで、門扉も家の造りも同じだ。どの家も前栽がなくなっている。地震の前には、けっして広いとは言えない庭から、松やさざんかやさるすべりが顔を出していた。

　ここにくるまでには、と思う。ここにくるまでにはがれきとその解体撤去の作業とその騒音、粉塵と、なによりも数えきれないにんげんの悲惨があった。そして思う。あのときなだれるように解体撤去してしまった家のなかにも、ひょっとして手あつい看護をすれば生き返った家があったのではないだろうか。

　歳月は奇妙なずれと言おうか、違和と言おうか、そのときには見せなかったものを少しずつ見せてくれる。臨場感そのものも距離をおいて見えなかったものを見せ、さらに鮮明なフィールドで時間を重ねた内省的な記憶となって現れる。ほんとうのこと（＝真実）がすっかり姿を見せるにはそんな時間も必要、と言うべきだろう。

　被災地神戸の街はこれからいく度となく繰り返し問われる記憶の場所として、この神戸の街がこれから私自身のためにも振りむいてくるにちがいない。

（「産経新聞」一九九九年一月十八日夕刊）

めぐる春に命の喜び

ひばりが草むらのちいさいすに
あたたかくねむります

　これは坂本遼の「恋人」という詩の冒頭。恋人だから、どんな素敵な恋が展開するのかと思ってわくわくしながら読んでいくと、詩人は大きな息を吐いて立っているだけ。すると、ことりが白壁にあたって死んだので、恋人がそのなきがらを埋めてやったというのだ。坂本遼の生まれ育った二十世紀はじめの東条町は、あたり一面たんぽぽ、れんげ、ぺんぺんぐさやうまごやしの花が咲いて、麦畑では高くひばりがさえずるうららかそのものだったろう。しかし、この詩にはそういった風景はない。ひょっとしたら、春というのはこんなふうに、私たちにとってないものねだりをしているような雰囲気を与えてくれるおしゃれな一面にこそ、ほんとうの魅力があるのかもしれない。

ところで私は昨年、四十三年間の教師生活を終えた。その歳月のなかに私のいちばんみずみずしい人生はどっぷり入ってしまっている。そう思うと、私の現在はいやおうなしにたそがれということになる。そんなことをぼんやり考えながら、読みかけの本を閉じて窓外に目をやると、雪やなぎやれんぎょう、乙女椿、木瓜《ぼけ》の花が咲いて、私の家の庭にも春がきている。

それにしてもことしはあの震災からちょうど十年。十年前のあの年の春も、こんなにうつくしい春の花々は咲いたろうか。庭の片隅にあいた握りこぶし大の穴、春雨がしとしと降るたびにごそっと地の底に沈む庭土。塀のひびに雨水が侵入して、どうしてそんなところにと疑いたくなるほど、名も知らない雑草が生えていた。石垣の下を往来する車の振動で、塀もろとも庭がくずれ落ちるのではないかと不安だった。そのなかでも、れんぎょうが筒形の黄色い花を枝いちめんにつけていたのをおぼえている。だが、なぜかそのほかの花の記憶はすっかり欠落しているのだ。それにしても十年経って、神戸は打たれ強くなったなあと思う。打たれ強いというのは、打たれても打たれてもよみがえるということだ。人も街も打たれっぱなしではいけない。打たれることは、それによって強くなることだから、よろこびと思わなければならない。

もしかして私の人生にとって、春はもうこないのではないだろうか、そんなのは嫌だ、このままで終わってはいけない、と思う。日本には春夏秋冬、四季折々のめぐりくる季節がある。春というのは始まりだから、それで終わってはいけないのだ。神戸の街にも私にも、春はこなければならない。神戸の街のひとりにめぐりあわせて、私も打たれ強い人間になりたいと思う。年齢を重ねるたびに、みずみずしくなりたい。豊かになりたい。そう思うと、年をとるのも悪くないなあと、生きていく楽しさを発見したような気分になる。私にもないものねだりのように春はきっとくる。

（「産経新聞」二〇〇五年三月二十五日夕刊）

十二年、見えぬ亀裂今も

阪神・淡路大震災からまる十二年の一月十七日が明けて一週間以上になる。今年も各地で追悼集会や震災のつどいが多くもたれたが、聞くところによると、一月十七日前後に震災関連の行事をおこなった兵庫県内の学校や幼稚園は千二百八十、昨年より二十九多かったという。十三回忌という節目を迎える今年、追悼の輪はこれまで以上に大きくひろがった。

私は、震災から十年後に、『神戸ノート』というささやかな本を刊行したが、そこにこのときの感懐をこう書きとめた。「十年といえば昔は「十年一昔」といったように、ずっとずっと遠い過去を指し、昔に属する長い歳月であった。ときには「むかしむかし、ある所に…」と同じトーンで目の前の人に伝える遠い歳月の表わし方のようだった。けれども、あの未曾有の地震から一年ずつ重ねてきた、震災十年の歳月は、私にとってはけっして遠い長い時間であったとは思えない」。それからさらに二年経った。やはり遠い長い時間ではなかった気がしてならない。

というのも、今聞こえてくるのは、被災地神戸は未曾有の速さで復興を遂げた、毎日の生活も落ち着いて平時になったという声である。そしてそれに呼応するかのように、公営住宅の、被災者を対象にした家賃特別減免措置などは、昨年の十月以降、十年を迎えた人から順次打ち切りがはじまっている。

おもえば、私たちのまち神戸は昭和二十年に散々な戦災に遭い、そのときも街は壊れて、焼けて、見る影もない無残な姿となった。そのときの十年後はどうだったろうか。昭和三十年八月に雑誌「世界」が「戦後への決別」を特集し、政府の出す経済白書は戦前水準への回復段階は終わったと述べた。だが、私たちごくふつうの庶民は身近にほんとうにそんなふうに感じとったろうか。戦災にしろ、震災にしろ、どんな大きな事件でも、たしかに十年、十二年と経つといわゆる様変わりはする。そこには都市のもつ怪物性もあってたえずまちは表層から変わるからだ。けれども、だからといって、「神戸の震災はもう終わった」といってしまっていいかどうか。

　私の居住する西神戸の須磨区にはアメリカの建築家ヴォーリズが設計した住宅で、国登録有形文化財にもなっている旧室谷邸がある。ここはあの激震で多くの建物が一瞬にして壊されてしまったのに、直後は鉄筋コンクリート製の基礎の亀裂は軽微で生活に支障はない、部分的な補修で保存は可能と判定された。それなのに、今ごろになって、傾きがすすんで、昨年の七月から十一月までの四カ月間だけで天井部の傾きが七ミリ、床の沈下が十八ミリすすみ、倒壊のおそれがあるといって解体することになり、奇しくも一月十七日に合わせるかのように解体作業は着手された。

　私の家でもこれとよく似た現象はある。震災の後、数ミリの隙間だった庭の塀に雨水が滲《し》みこみ、往来する車の振動も手伝って亀裂がひろがり、昨年十月、その一部が道路に剝がれ落ちた。今年に入ると、さらに亀裂はひろがっている。修復工事のXデーのことを考えると、私は今とてもゆううつだ。

　十二年を迎えた一月十七日現在、阪神・淡路大震災で犠牲となった人は六千四百三十四人、病死や自殺など、震災が遠因で亡くなった人も合わせると六千六百十人になるという。そして犠牲者の九割以上が、建物が原因で亡くなったと聞く。不自由はしたが、あのとき水や食料がなくて死んだ人はいない。多くの人が倒壊した建物の下敷きになって圧死した。はさまれて逃げられなくて、火の海にのまれてしまった。震災後は公費で約十一万棟の家屋が解体されたが、そこには数えきれない悲惨があった。なかにはちゃんと看護をすれば生き返った家もあったのではないかの思いが旧室谷邸にだぶる。十二年経ったからこそ、災害のツメアトはより深く、見えないところでさらに亀裂を深めているのではないか。

　神戸は人も街も打たれ強くなったが、打たれっぱなしではいけない。打たれたことによって、よりしたたかに、どんな些細ないのちをも守っていかねばならない。

（「朝日新聞」二〇〇七年一月二十六日夕刊）

作品論・詩人論

受難をばねに、記憶と体験

――たかとう匡子ノート

倉橋健一

一九五〇年代の終わり頃、当時市販されていた詩誌「現代詩」をテキストにした「現代詩をよむ会」が関西でも大阪、京都、神戸で開かれ、若さにもあふれていた。うち神戸では、「山河」同人の大江昭三が中心になっていた「神戸詩話会」が隔月刊の「手帖」という小冊子だが会員誌を出しつつ、会を開いていただけに、まとまりとしてはここがいちばんよかった。私も大阪の会に出たのが機縁で、しばらく神戸にも足をはこんだが、そのなかに十九歳の瑞々しい女子大生だった小田（旧姓）匡子がいた。高校生の頃から詩を書いて、創刊まもない頃の「現代詩手帖」の投稿欄にものることがあった。

今、手元に、ガリ版刷りの五九年度発行の「手帖」が何冊かあるが、三月発行の22号には、のち安水稔和にほめられて朝日新聞にも紹介されたという「失恋」と題されたかわいらしい詩がのっている。ついでながら、大江昭三という人は、小野十三郎を畏敬する実直なリアリズムの詩人だったが、会誌の筆耕などもぜんぶ自分ひとりの手でやって、そんな人柄のせいもあって、「イオム同盟」のアナキスト詩人高島洋とか、野間宏の『暗い絵』に関連する、人民戦線の日本におけるもっとも早い組織者だったという経歴をもつ矢野笹雄に、のちたかとうが『地べたから視る』という単行本で描き出した、神戸下町の露天商をいとなんでいた詩人林喜芳なども常連で、ヴァラエティに富んだ、一種独特の雰囲気を漂わせていた。

一方、その頃の神戸では、若手では安水稔和、中村隆、伊勢田史郎、君本昌久の「蜘蛛」グループ、一九四〇（昭和十五）年の神戸詩人事件で捕らわれたメンバーとも繋がりをもち、小説、評伝の分野でも多彩な活動をした足立巻一の「天秤」のメンバーなどが、異彩を放っていたが、たかとうという詩人は、この詩人のもつ一途な無菌状態の性質がさいわいしてか、いつのまにか、そこにいくえにも接点が設けられて、いわば神戸のリベラルな戦後のエキスをも、早い時期から吸収していくこととなった。

このことは、この文庫に収められた八篇の詩篇を見ればわかる。「落とし穴」「たとえばの話」を見ていこう。とりたてて用語法やフレーズに特徴があるわけではないが、これらの詩のモチーフになっているのは、この詩のすぐ前におかれた「私の夏は」に続く、幼い頃の戦争によるうら悲しい記憶をもつ女教師と、戦後の経済成長期のとば口に生まれた世代の女生徒とのあいだによこたわるさけがたい溝、奇妙なずれにたいする凝視である。日々の学校の日常生活にわだかまる目に見えない誤差である。そこに立ち停まってしまったところに、この時期の作品行為の限界もあるが、今度この文庫に収められることで、『学校』『女生徒』など、のちの作品のテーマの原初形態が、この時期すでにあらわれていることに目を見張った。

興味深いのは、これらを初期詩篇としているが、ここで採られた作品が収められている詩集は、一つは八一（昭和五十六）年刊『失われた調律』、今一つは八五年刊の『危機たちの点描』からで、冒頭私がのべた「神戸詩話会」の時期からはすでに二十年を過ぎ、彼女も四十代に入っている。前者の第一詩集には「第三紀層の会」「大阪現代詩人会」「現代詩神戸研究会」と所属がしるされて、あとがきには「気がつくと、私は約二十年ほど詩らしいものを書いてきました。私にとって、詩は、常に帰るべき場所であり、そこを通らなければ通えない街角でもありました」とある。圧倒的な生活社会のなかにあって、詩は自分にとって直接蹲るべき場所だった、とといっておいてもよいだろう。

ここで注釈風につけくわえておけば、「第三紀層」とはつい最近まであった、戦後のサークル誌の流れに立つグループであり、「大阪現代詩人会」も、井上俊夫、福中都生子らが主導した、社会意識のつよいグループであった。ところがそこにくわわりながら、たかとう匡子の初期詩篇は、あきらかに異色なのである。この点では、「神戸詩話会」で出会った赤松徳治が第一詩集に寄せた、「掬いとった日常の、さり気ない一齣の叙述に導かれて詩の内部に降りていくとき、傷ついて佇む詩人に出会う。

少女時代の空襲や肉親を失った痛み、肉体的喪失がもたらす内部の喪失感、それらは次第に輪を広げて、彼女の周辺の事象や風景に及んでいる」と、のべていることが当をえている。たしかに、ここから九一（平成三）年の『対話』にいたるまで、この詩人にとって詩は、少女時代、青春期、教員生活を続けての結婚、出産と全期間をとおして、内部にさけがたく蹲ったままにある幼い頃の戦争体験の記憶を、逐一、この生の現実のなかで対象化させるための（踏みとどめさせるための）不可欠の内部そのものであった。

　その頂点に立つのが、この文庫の冒頭に収められた『ヨシコが燃えた』である。白眉となる作品「ヨシコ」から数行だけ引いておこう。

そのとき／道端に積みあげられた枯れ草が燃えて／ヨシコが燃えた／焼夷弾が／舞いながら／火の粉吹きあげて落ち／それから／爆風に飛ばされて／高架下の橋げたまで／空き缶のように転がっていった／ヨシコとふたりして

リアルなひたすら事実の読み重ねのようにみえるが、この詩、けっして記録性などとストレートにいえるものではない。第一、空き缶のように転がる自分など、ビデオにでもとらなければ見たくとも見えるものではない。と、いって、この詩の価値を減殺しようとするのではけっしてない。内部の記憶を捉えるためには、みずからを外から観る客観描写の方法をとるしか、他に方法がないからだ。つまり詩的仮構力によって、かろうじて詩を成立させたということだろう。私は、この詩集は、長く主題の切実さで読まれてきたが、方法意識の側からもしっかり見据えておかねばならないとあらためて思う。

　それにしても、小学一年生の女の子が三歳の妹の手を引いて。思わず目を覆いたくなるようなシーンであるが、私はここは、空襲に遭ったというような抽象では、けっして現実のひとかけらも語ったことにならないことに注意を向けておきたいと思う。十万人が被災したというなら十万通りの惨劇があったということだ。

　たかとう匡子のばあいには冶金工学の専門家でもあっ

た父の元で長女に生まれ、何不自由なく育った身が、詩にうたわれているとおりの酷《むご》い受難に晒されることになる。敗戦の年の六月、七月と二度空襲に遭い二度家を焼かれる。その二度目は母の分娩ま近と重なって、やむをえず祖母の手に、三人の幼ごがゆだねられることになる。何ともいいようのない運のなさが連鎖している。それにしてもこの酷いとしかいいようのない現実の体験が記憶となり、そのまま詩を書かしめる動機につながり、自立した作品として結晶度を獲得するまでには、自分が母親になるまで待たねばならなかった。結果、そのピークが『ヨシコが燃えた』になるが、すでにのべてきたとおり、このテーマは第一詩集から一貫して引き継がれたものでもあった。ここでは、「私の夏は」の〈母の肩にかかるとき／私の夏は／三十五年の歳月を透明にする映写機〉の最後の三行に注目してほしい。お母さん、あなたの哀しみが今わかるよ、といっているのだろう。ここで先の空き缶のようにという客観描写にもどるなら、ランボオの言葉を借りて、わたしというひとりの他人の目から見たわたしと、表現法としていっておこう。

『ヨシコが燃えた』のあと、八〇年代の終わりから九〇年のはじめにかけて、たかとう匡子は二冊のエッセイ集を刊行している。そのうちの一冊は、戦没の学徒詩人を追った『竹内浩三をめぐる旅』であった。きっかけになったのは、足立巻一が八二（昭和五十七）年に出した『戦死ヤアワレ――無名兵士の記録』を読んだことだった。足立巻一は伊勢の神宮皇学館を卒業していて、のち本居春庭の評伝『やちまた』を世に問うた人だけに、この本の終章では伊勢出身の学徒兵竹内浩三を、その代表作「骨のうたう」とともに取り上げて、これはヨシコの死をもつたかとうのなかに、大きな衝撃をあたえることになった。早速、この学徒兵詩人の戦争期の生きざま（どうあがいても死ぬしか未来のなかった兵士の生活）を追体験するべく、竹内浩三をよく知る二歳年下だったという、浩三の甥竹内鈴之助に連絡がついたことから、コツコツ取材と聞き取りの日々を続け、この頃所属した「遅刻」という季刊の同人誌に二年に亘って掲載した。このように手間ひま惜しまず労を惜しまずというタイプの詩人は、私の周囲では長い歳月をとおしても彼女ひとりだ。

発刊当時、私はこの一冊が表現論として十分組み立てられなかったことに多少の不満も抱いたが、今から見てそこはどうもないものねだりというべきものだったろう。この時期には、足立巻一と同じ「天秤」同人の桑島玄二も、「戦争で撲殺された青年詩人たちのみ追い続けた」という『兵士の詩=戦中詩人論』を七三（昭和四十八）年に、その五年のちには、竹内浩三の評伝『純白の花負いて』を出版していたが、著者たちが身近かなことも手伝って、竹内浩三もまた身近かな死者として存在することになった。

この本の末尾のところで、たかとうは、浩三の姉松島こうが、日記や詩篇、手紙、ハガキから紙切れの類にいたるまで、浩三の残したものならことごとく保存していたことについて、「戦争で肉親を失った者の共有する痛み」と書きつけ、そこから『ヨシコが燃えた』刊行時に言及し、「『ヨシコが燃えた』を上梓した後の何十日間か、私と父の間に小さい反目が生じている。反目というより、ふかい苦悩を背負って半世紀近くを生きてきた父とその思いに無知であった私との気持ちの行きちがいである」とのべ、ある夜、父の書斎に呼ばれると、「仁子《よしこ》は戦争で死んだのではない。仁子は父親であるぼくの不注意から死なせたのだ」と、激しい心の内を明かされたことを告げている。

そういえば、竹内浩三という学徒詩人は、〈アア／戦死ヤアハレ／兵隊ノ死ヌルヤアハレ／コラヘキレナイ／サビシサヤ〉と、情念を思いのたけ低くへばりつくようにことばにした詩人であった。「骨のうたう」なども、みずから兵役に服してから書いたものではなく、在りし日、英霊となって帰還した兵士への感慨として書かれたものだった。むろん明日はわが身と見据えての作品だが、自嘲的なあざといまでのうたいっぷりが、かえって月日をへだてて哀切感として、地底からの呻きのようにも響き返る。この弱者ぶりに行き着いたことも、たかとう版竹内浩三体験の特徴だったといっていいだろう。だからこそ、最後に三歳のヨシコの「姉ちゃん、わたし、なぜここで死なねばならないの」の肉声がよみがえり、父の重い沈黙裡の告白を掉尾に置かねばならなかったのである。

一九九五（平成七）年一月十七日未明に襲った阪神・淡路大震災は、これまでみずからの詩の基調としてきた、現実の体験と記憶に内部意識を投影させつつ、誠実に真実を描くというみずからの方法意識にも、おおきな衝撃《インパクト》をあたえることになった。

この年十月、神戸では誰よりも早く『神戸・一月十七日未明』という証言詩集を刊行した。震災当日の一月十七日昼、夜、翌日朝の小見出しのついた「神戸」を巻頭に、「消息」「一月十七日・未明」と、ドキュメントにスケッチの手法をまじえて、地名町名も書き込まれているところから、この時点で、作者が現地からの発信をくわだてていることがよくわかる。その一方で、今回あらためて読んで、ぜんたいにどこか舌足らずの怖ず怖ずとした気配があるのも知って息を飲んだ。この詩集には『ヨシコが燃えた』がもっていた、ヨシコを普遍化するといった方法のうえの決意のようなものが欠けているのである。といって、詩集の出来映えについてあれこれいっているのではない。私が思うに、そうならしめた根柢には、このとき、作者自身意識していたかしていなかったかに関係なく、自分が無事生き残ってしまった（家も崩壊しなかった）ことにたいする、うしろめたさのような意識が、どこかで介在しているのではないだろうか。

と、ここは、神山睦美が『希望のエートス――3・11以後』で語った、レベッカ・ソルニットのいう「災害ユートピア」を思い出しておくのもよいだろう。想像を絶するような災害に見舞われたとき、人びとはまず他人を踏みつけにしても、自分だけ生きようとするにちがいないが、そこで自分が生き延びることは、他人を救うために行動することであるという了解が生まれ、人びとのあいだにたがいに助け合おうとする「災害ユートピア」があらわれるというかんがえである。私たちのなかには他人とつながりたい、他人を助けたい衝動が眠っているというのだ。ここで「災害ユートピア」について、これ以上に語る猶予はないが、たかとう匡子は家が高台にあったこともあって、戦災のときとまるでちがって、今回は無事生き残ることができた。と、知るや、通勤用の単車を駆ってまちに飛び出し、あるいは電話の回復を待ち侘びて連絡を取り、まずは、教師として担任生徒の無事確認に全力を注いだ。さいわい全員無事と知ると、それから一週間ほどのあいだに、自分自身の一月十七日午前五時四十六分を記録するよう課題を出した。高校生活三年間の楽しい思い出が綴られるはずであった卒業文集は、大震災の体験記録に早変わりすることになった。この記録集はそれを知った校長の尽力があって、『その日、その朝。神戸常盤女子高校三年九組卒業文集』として、先の詩集に先立って震災から五ヵ月後に単行本になり、一ヵ月のあいだに二刷となり四千部が発行された。ここではたかとうは高藤匡子の本名にもどって、最後尾に担任としてのみじかいいきさつをしるしているにすぎない。

だが、私は、四十七人の少女たちのこのとき書いた、おたがい別々の場所にいて経験した同時体験記録が、その単調《シングル》さゆえに、かえって異様な一月十七日未明の衝撃の深さを語るようで戦慄した。大震災はこの地域に住む人たちにまんべんなく襲ったのである。そして、ひとりひとりの生徒たちに自分の眼差しで書き残すことをすすめた詩人の目を思った。ほんとうはたかとうの神戸からのこの臨場感に満ちた証言詩集は、この生徒たちの体験記録とかさねて読まれるべきものだろう。

ともあれ、その渦中のなかで、たかとうの詩集も編まれることになった。編むことで同時に知らされたものは、いくらあがいても自分の筆ではとらえることのできない圧倒的現実というものであったろう。ようするに今自分が感知しているのは現実の破片に過ぎない、という無力感と背中合わせのうしろめたさが、私がこの詩集に感じた怖ず怖ずの実態ではなかったかと思う。私のことばも打ちのめされたという実感は、『ヨシコが燃えた』がもっていた達成度、ヨシコの普遍化（共同化）という方法における幻想をも潰えさせることになった。そこがまた、たかとう匡子の「災害ユートピア」の原点ともなった。『ユンボの爪』から『女生徒』へいたる震災後の作品は、この震災（圧倒的な現実）によって打ちのめされた言葉を生きるという詩意識によって、震災前まではちがって第二段階になる。二度生まれの子になる。その特徴のひとつは、視点が徹底して低処《ひくみ》になり、そこから水平の眼差しによる、誤解を怖れずにいえば、何をどう書くかではなく、書きながら書く方向へ舵を切るということだろう。「祈る」「荒野」の一節を例として引いておこう。

寒椿の／赤い／めぐってきた冬空に／輪郭を際立たせ／腕をのばす／花びらひとつ／口のなかに入れる／大地の樹液が／臓腑に滲みる／家族の団欒はない／家の断片も／ない／膠着／漂流／帰るべきところは／ない
（「祈る」）

指紋のなかの道は／渦巻き状／あるく／だれひとり会わない／あるきつづけた／ふっと思ったものだ／いつも世界のどこかで殺戮はくり返されている／たぐり寄せても戻ってこない／百年／の轢死が／異臭を放つ／山の傾斜の／片側に吹きよせられた火種／湿った風の沸き立つ水路／積み上げられた死体／がはるかむこうの水源までつづく
（「荒野にて」）

大災害を経験したからといって、根柢の主題が変わるということではない。この点では『ユンボの爪』から『水よ一緒に暮らしましょう』までは破壊がテーマになっており、『学校』『女生徒』では、先に紹介した震災という受難を同時体験したと同じ、長年に亘って向き合ってきた女生徒たちとの私化された対話（世代間の対話）が軸になる。すべては佇むところから、それこそピンセットでつまみあげるように現実の破片が拾われ、内面化されていく。意識の流れを思わせる緻密な仮構によって主語たち（女生徒）が躍動する。

最後に、「散文」に収められている「震災のなかで」というコラム風の文の世界にも読者をお誘いしておきたい。震災から十年たった夏、蚤が窓を開けるや否や飛び込んできて、一夜にして飼い犬が血を吸われて死んでしまったという話など、どうだろう。神戸は山と海にはさまれて東西に長く延びるまちだが、ある日大阪のほうに用事があって、JRの車窓から芦屋、西宮を流れていく風景を見ていると、木々や家がなんとなく傾斜しているように感じられて、弾んで出かけてきたはずの気持がまたたくまに萎えていく。傾き後遺症という嫌な気分と、また、「これがにんげんの体験というものだろう」とも、さり気なく書きとめているが、私は現時点でたかとう匡子の詩がもつ大事な意味が、このさり気なさのなかにこそ、こめられている気がしてならない。
記憶は際限なく現在時に引き継がれて経験として語られる。たかとう匡子は戦後七十年の時空にあって、たえず時間の環流を強いてきた、数少ない詩人のひとりといえるだろう。

(2017.3)

『ユンボの爪』によせて

新井豊美

この詩集『ユンボの爪』の全作品が、直接的には詩人によって体験された阪神淡路大震災の、被災地の情景がモティーフになっていることは言うまでもない。実際、最近のたかとうさんの詩はこれまでも現実の体験を基礎に置き、その真実をできるだけ正確に熱意をこめて偽らずに表現するという形で書かれてきた。震災の年の十月に出された『神戸・一月十七日未明』は、その書法がもっとも単純化されストレートな形で現わされている。しかしどんなに熱意をこめて真実を書いても伝わらない場合がある。わたしたちは書く前にまず、どう書くかという問題の前に立ちどまらねばならない。『ユンボの爪』のあざやかな書法、ここに発見された魅力的な表現は、そのようなたかとうさんの書くことへの自覚的なたたかいから生みだされた。この詩集が、書くことに悩みいかに書くかを追及していった詩人の新しい到達点として、全くオリジナルな、ほとんど象徴的なといえるようなあらたな文体を獲得されていることをわたしは喜びたい。

たしかにわたしたちの記憶も言葉の生命も、人と同じように老いてゆくものであるようだ。「戦争」あるいは「戦後」という言葉が使いにくく感じられるようになってからすでに十年を越える月日が経った。ほって置けばこの言葉も埋もれて死語となってしまうかも知れない。最近出た加藤典洋氏の『敗戦後論』がよく読まれているというが、「敗戦後」というタイトルには今の時期にもう一度この言葉を覚醒させようという加藤氏の狙いがあり、その積極性に読者が敏感に反応しているのが感じられる。わたしはこの本を読んで、戦後生れの団塊の世代と呼ばれている人々の、戦争あるいは戦後に対するある「ねじれ」の感覚がかなり正確に語られていると思ったのだが、と同時にそれより一世代前の、幼年と戦争が分ち難く結ばれ、幼年を語ることがそのまま戦争を語ることであるような……、つまり戦争がそっくりそのまま原点であるような世代の感覚は、「ねじれ」という言葉でもとらえきれないもっと複雑なものだと思わずにはいられなかった。それはひとつの世代を特徴づける感情として確実に存在しながら個別に語られるしかないものであり、しかもそれはいま、歳月の中に埋もれ腐食してゆく運命にある。

たかとうさんの詩作は一貫してその腐食への抵抗であり、掘り起こしであるように思われる。彼女には七冊の詩集と二冊の詩人論があり、わたしはその一部を読ませていただいたに過ぎないのだが、未見の部分も含めて彼女のひたむきなといっても過言ではない一貫性は崩れるものではないだろう。一九八七年に出された詩集『ヨシコが燃えた』は、空襲の炎のなかを手を取り合って逃げながら、運命が幼い二人を生と死に引き裂いた亡き妹への、生き残った姉からの尽きることのない悔いと鎮魂の書であった。この詩集を読んで、わたしは戦後の記念碑的な作品といわれる宗左近氏の『炎える母』を思い出さずにはいられなかったが、『炎える母』の主体が青年であったのに対して、幼い少女である「私」はその幼さゆえにどんな責任も問われることのない、ある意味ですべてに対して無垢な存在であり、死者と同じく被害者であることがいっそう収拾のつかぬ苦しみを作者の中に持続させているのを感じたのだ。幼さゆえの無垢、「加害者」であると同時に「被害者」であるという二重、三重のねじれが詩人の狂気をかりたてる。同世代の私から見ると、そんな悶えをそれぞれに持っているわたしたちの世代の心情を、たかとうさんはこれまでも一貫して語って来られたと思う。

手ごたえのない位置から
土のにおい
草原のにおい
がして
道行く人は足を止めて
不思議そうに見ている
巨大なユンボの爪が
赤く爛れた空の深さをかきまぜている
空は土になり
土は
戦禍の時を越えた人の胸になり

わたしのなくしたものを知りませんか
すすきの穂の揺れる原っぱに隠した
ジュラルミンの破片ですけどね
昨日まであったが
なくなってしまっている
今日
振りおろした黄色いユンボの爪が
半世紀以上も埋もれたままの
とうに雨水を流さなくなった黒い土管を
真っ二つに割る

「昨日まであったが／なくなってしまっている」と詩人が言うのはまぎれもなく人の心の中の戦争の傷跡であり、それはほってておけばそのまま歳月の下に埋もれてゆくものである。不幸なことだが、このたびの震災体験がたかとうさんの戦争体験をさらに深める作用をもたらしたことは確かなことだろう。しかもここで、詩の言葉によってのみ可能なあのすぐれた再生の力によって、その体験を内側に沈めあらたな力ある言葉として生み出されたことが、わたしを深く感動させる。

（『ユンボの爪』栞、一九九七年砂子屋書房刊）

世界が皮下にしみる
――『水よ一緒に暮らしましょう』

山本忠勝

戦争下のイラクでは医薬品が欠乏して空爆の傷で壊疽の危険に襲われた子供たちが麻酔なしで手足を切断されたそうである。この恐ろしい話を聞いたときイラクの少年がぼくの皮膚の下でびくっと動いて思わず声を上げていた。少年は以来この皮膚の下に住んでいる。むろん詩は美を追い求める言葉だから、少年ほど絶望的な動きはしない。だが、たかとう匡子氏の新詩集『水よ一緒に暮らしましょう』を読んだとき、彼女も皮下で動くものを経験している人だと思った。詩人は遠方から来た水が皮下へ流れ込むのを感じている。雨が皮下へ透け落ちるのを感じている。風に乗ったクモの糸が眼球を横切っていくのを感じている（目もまた外へ開かれた皮膚である）。心遠くからの訪問者とこんなに一体になる詩人がいる。心が勇気づけられた。

たかとう氏の詩と初めて出合ったのは二十年以上も前のことではなかったか。こちらも駆け出しの文化記者だったから、しっかりと受け止める力がなかった。詩を少し「作為的」だと感じたのは、たぶん粗雑に読んだからだろう。だがその第一印象（というより誤読）にずっと引きずられていたこともこのさい告白しないといけないことだ。だから今度の『水よ一緒に暮らしましょう』には心の底から驚愕した。体のこんなに深いところにまで流れ込んでくる水と遭遇したのは初めてだ。

その水はいくつもの争い、いくつもの地震、いくつもの津波、いくつもの火事、それらいくつもの天変地異をくぐりぬけて詩人のもとへやってきた。だから水は深く傷ついていたのである。詩人はその水を彼女の家にかくまった。だがぐったりとしていくのをもう止めようがないのである。

その水のなんという浸透度！　そこに見えるのは、地をはって、坂を上って、家に満ちてきた水が、彼女の皮下へ流れ込み、心臓のすぐそばまでしみていく光景だ。

水ばかりではない。庭では雨がほとんど体を透け抜けるように降るのである。町の風はまるで内臓の奥にまで吹き込んでくるようだ。なかでも夕暮れの空の浸透力！空がすでに詩人なのか、詩人がすでに空なのか……？美しい景色である。

だが、この詩集の真の重さは、その美しい景色が美しいだけにとどまらず、ある微妙な痛みを、ある微妙な不安を、そしてある微妙な希望を内にはらんでいることだ。

わたしはじっと眼をつぶり
雨のなかにいる
わたしも輪郭を失うかも
そうあってはなるまいと
必死に耐える

（「夜明け前の客」）

そうあってはなるまいと本当に耐え抜かないといけないのか、それを結論づけるのは多分まだ先の詩集である。とりあえずこの詩を流れる最大のテーマをいえば、それは「主体」の問題だ。皮下に降ってくる雨は肉を傷つけるものではない。だが「主体」を内側から揺るがすのだ。

恐らくぼくたちは「主体」が劇的に変容しつつある時代にいる。見通しをつけるのは難しいが、二十世紀を支配した硬直的な主体の概念がもみほぐされて、もっと柔軟な主体イメージが登場してくるのではなかろうか。するとこの詩集のみずみずしさは主体の解体と再構成を、行きつ戻りつ、現在進行形で真摯に模索している点にある。

やがて詩人はもっと明確に語るのではなかろうか、皮下を流れるのが水や夕空や風だけではないということを。ぼくらの皮膚の下を世界が、世界全体が流れているということを。もちろんイラクも流れている。

わたしたちは逃げるしか手段をもたない（「追ってくる影」）と嘆く詩人は恐らくまだ世界と「私」の間に壁を築いて、旧来の硬い主体の中にいる。だが未来へながれる空気についてことばをさがす（「花に誘われ」）詩人は、もう世界へ開かれた、つまり世界に皮下を開放した柔らかな主体の方へ踏み出しているのである。間違いなくこちらが希望の方向だ。

大地震で言葉を底から揺すられた、と詩人はいう。確かに、ぼくらの皮下で激しく動いたあの地震！

（「神戸新聞」二〇〇四年二月七日夕刊）

震災と戦争と現在——たかとう匡子の詩法

時里二郎

阪神・淡路大震災は、とりわけ神戸に拠点を置く詩人の言葉を根こそぎ揺さぶった。未曾有の災厄を前に自らの言葉が問われた。六千四百名以上の死者たちとどう向き合うのか、さらに震災後の世界に差し出す言葉について、自らの詩の言葉の検証を強いられた。

例えば、たかとう匡子より八年年長の安水稔和は、震災の十日後の朝日新聞に「神戸　五十年目の戦争」という作品を寄せている。「目のなかを燃えつづける炎／とどめようもなく広がる炎／炎炎炎炎炎炎炎。／また炎さらに炎。／／……／木片の墓標。／この下にいます。／墓標もなく。／この下にいます。……／／一九九五年一月十七日／午前五時四十六分。／わたしたちのまちを襲った五十年目の戦争。（以下略）」。

詩人の息づかいまで伝わってくる作品だが、なかでも「炎」七文字連続表記は息をのむ。

安水はその後も震災詩を書き継いで、彼のライフワークである菅江真澄の行跡をたどる詩篇とともに、今も重要な詩のテーマとなっている。安水の震災詩のモチーフは〈記憶〉である。「亡くなった人たちの記憶のために、生き残ったわたしたちの記憶のために、死者とともにわたしたち生者がともによく生きるために、この詩集のすべてのことばはある。」と、震災詩集『生きているということ』の後書きで安水は書いている。

一方、たかとうよりも九年年少の季村敏夫もまた、震災によって自らの詩の言葉を根こそぎにされたひとりだ。季村の場合は、震災以前の詩集と以後のそれとははっきりと断層が走っている。なによりも震災の翌年に上梓した『日々の、すみか』は震災詩集として重要なメルクマールの意味を持つ。震災の経験を通して、言葉の深みと強い詩語を獲得したこの詩集は、詩というものの根源的な意味をもわたしたちに深く問いかけている。

「いきなり世界が告げられた。おおいなるもの。「いまだあらざりしもの」から。だがどう呼べばいいのか。この贈りものを。言葉へ、人へ、そして輝きへ、道しるべを示さねばならなかった／／……／／おお、さらに。どのような事後の禍に見舞われていくのか。春まだき、おそろしいゆさぶりを授かり、そのゆれのことを、何としてでも伝えたいという欲求が、これほど強く、こんなにも確かに胸をゆするとは。今はそのことに素直に従おうとして息つく。」（「草の身」部分）

季村の垂直的な言葉の強度には驚かされる。句読点のひとつひとつにも言霊が宿っているかのような、言葉の深みをたたえたこの硬質なテクストは記憶に強く刻まれている。

それでは、たかとう匡子の場合はどうか。彼女は震災のまさにその年にいち早く『神戸・一月十七日未明』という震災詩集を出している。震災後わずか数ヵ月後の上梓には、未曾有の災厄に対して詩が果たすべきことが何なのかを問う彼女の並々ならぬ思いがこめられている。「がれきの下の／崩れた／網代のすきまから／体をすべり込ませて／やっと取り出した／茶わん二つ／／小学校の避難所へと／帰っていく」（「神戸　一月十七日　昼」）「あの目印がない／蕎麦屋がない／上沢七丁目の角の薬局がない／従姉とその家族が住んでいた／兵庫区松本通り五丁目がない／／いちめんの／焼けただれた街／地震が／大火災になった街／消失した街／五十年前の／神戸空襲で焼けて立ち直ったその街がない」（「消息」）

たかとうは、「眼」になって見えるものをひたすら記録する。メモのように書き留める。

詩人として、言葉を差し出さなければならないという強い思いだけがある。自分の言葉がこの災厄の前では無力であるにしても、なんとしても言葉を差し出さねばという思いがひしひしと感じられる。

しかし、たかとうにとって、先の二人の詩人以上に、この震災は、自らの言葉の試練を強いた。それはこの災厄が、三歳の妹「ヨシコ」を空襲で亡くした痛切な戦争の記憶を深く揺さぶったことに起因する。『ユンボの爪』を初めとした震災詩集群は、戦争の記憶を現在に引き寄せる視座のもとに震災を、あるいは震災以後の世界を見つめる詩の言葉を模索する営為であったと思われる。

『ユンボの爪』という詩集名に象徴されるように、震災は、情け容赦なく戦災と戦後の時間をもえぐりだした。

「道行く人は足を止めて／不思議そうに見ている／巨大なユンボの爪が／赤く爛れた空の深さをかきまぜている／空は土になり／土は／戦禍の時を越えた人の胸になり／わたしのなくしたものを知りませんか／すすきの穂の揺れる原っぱに隠した／ジュラルミンの破片ですけどね／昨日まであったが／なくなってしまっている／今日／振りおろした黄色いユンボの爪が／半世紀以上も埋もれたままの／とうに雨水を流さなくなった黒い土管を／真っ二つに割る／並木のいちょうの根が／表層を突き破って入りこみ／土管の形をしてかたまっている／闇市をバラックを／建てては壊し／コンクリートで塗りこめた時空／に縺れた形の根／無防備な土管の中で／根は容積になりすましてきた／昨日まで見えなかったものが飛び出してくる／迷宮入りのつもりだった根が／語りかけている／深い空の底／の土管の／行為」（「根」部分）

たかとうの震災詩の何よりの特徴は、震災の時間と二重映しにされた戦禍あるいは戦後の時間である。戦禍の中を生き延びた人々の時間が揺さぶられるのだ。言い換えれば、『ヨシコが燃えた』の詩の世界が揺さぶられているると言ってもいい。

「地の底へ傾斜四十五度／の段々をおりる／と防空壕はくりぬかれて／暗く／深く／つづいている／人でぎっしり詰まっている／／ヨシコは／　アツイヨウ　イタイヨウ／うわごとのように／けれどもしっかりした声で言う／私は／黙って手をにぎり／もうひとつの手は／ヨシコの膝小僧の血を押さえている／誰かが入ってくる／トタン板の戸が開く／炎は／ごう／とうなり声をあげて／防空壕の内側を／舐める／ヨシコの／腕の／胸の／皮膚がべろんとずり落ちて／ローソクの火が揺れるたびに／水ぶくれがつぶれ／めくれた皮膚が光る／頭が／顔のあたりが／焼き茄子のように焦げている／荒々しい呼吸がつづく／ヨシコの口がうごく／　オ・カ・ア・チ・ャ・ン／といっているかのように」（「ヨシコ」）

コマを短いカットでつなげたフィルムのように、詩行は短く切られ、それが記憶の痛切な傷口を思わせるが、何よりも詩の言葉のゆるぎない、抑制の効いた表現によって、鮮明な時間が定着されているのに驚く。彼女の比類のない詩集のひとつである『ヨシコが燃えた』が、妹を喪った空襲から四十年の時間を経て上梓されたことに改めて胸をつかれる。いずれにせよ、四十年という時間を束ねた言葉のレンズによって描かれたこの純度の高い痛切な詩集の世界は、ゆるぎない詩的達成を遂げていることにはだれも異論はないだろう。

一方、『ユンボの爪』から「傷」という作品を引いてみる。

「腐った魚の／白く濁った眼球／を方向指示器にして／地下街へ／弱った体を引きずりながら／降りていった／防空壕の／土のだんだんは／踏みしめられて堅く／思ったよりずっと長い／量も／形も／陰影のなか／駅舎は不在／記憶の奥は深すぎるが／この国の曇天は／こぼれ落ちてきたあとの／だだっ広い／灼けただれた空のままだ／鳥も飛んでいない／……／声／くぐもった／声／ひそひそひそひそひそひそ／母ではない／あれは／叔母かな／母とははなればなれになった／声は／放射線状にひろがり／ぼんやり増殖されて／うめく／ゆがんだ球体／にひろがる紫色に腫れあがった傷／にんげんの肉体の奥／鳥は飛んでいない／魚は棲んでいない／地下街は／さらにもっと奥へ／傷を／ひろげ」(「傷」)

震災後の地下街へと降りていく場面だが、それが「ヨシコ」とともに逃げた防空壕の段々と二重映しに重ねられる部分である。先に引いた「ヨシコ」と、「傷」の詩語の違いは歴然としている。前者の描写の確かさ。つまり眼がしっかりと対象を見つめきっているのに対して、後者は「腐った魚の／白く濁った眼球／を方向指示器にして」や「量も／形も／陰影のなか」「ゆがんだ球体」など、描かれた対象は単一の鮮明な像を結ぶことはない。いや、それを言葉そのものが拒否しているかのようだ。それに変わって、特異なメタファーが次々と繰り出されることに注意しよう。そのような例は他の作品からいくらでも挙げることができる。

「争いの／虐殺の／血がついた石斧のこぼれた刃／その無気味さを吹き荒れる嵐／歩けない／走れない／語れない／真一文字に唇をかたく結んだまま／馬が／闇を漂流する／樹木になる」(「馬」)

『ヨシコが燃えた』でつかみ取った詩法、すなわち、四十年という時間の束を結わえた現在を定点として、その言葉の時間の遠近法を駆使しながらよどみなく、ヨシコや私や母や弟を見つめきるという詩法を捨てて、イメージやメタファーを多層的に織り込んで、震災というカタストロフがはらんでいる時間や世界の意味の深みに降りていく。

なかでも、「秋」はそのような詩法のみごとな達成と言える作品だ。

「黒い魚影／の群れが通り過ぎていく／水と空とをまちがえる／錯誤の生きもの／浮いたり／沈んだり／知らない土地へ行ってしまった／のもいる／怖れのようなものが堆積する／石つぶてを投げてみる／秋が石つぶてになる／沈殿していく／陽の光を反射させて／深海の底／沈殿していく／揺らぐ藻／につかまるまで／つぎからつぎへ石つぶてを／拾いあつめる／凍える朝の気温のなか／衝撃は都市を突き抜けていった／湯気のたつ炊き出しの味噌汁が／冷えた手から手へ／渡っていった／記憶の庭に陽が射して／揺れるコスモス／騒ぐ／その群生は／ボランティアの人たちが／蒔いていった／ものだ」（「秋」全編）

震災というユンボの爪が掘り起こした闇は、神戸という街の災害や戦争の記憶にとどまらない。それらは戦後の社会に通底する闇とつながり、世界を覆う深い闇と通底している。そして作品は、メタファーの厚みのある表現が作り出した幻視のイメージから、震災の炊き出しの味噌汁やボランティアの蒔いたコスモスの花が咲く現実に浮上して終わる。みごとな結構である。

たかとうは、メタファーによるイメージの層を幾重にも重ねることによって、震災以後の世界の意味を現在に問おうとしている。それはほかでもない、震災の犠牲者や、それにつながる世界の闇のなかに「ヨシコ」を見出すことでもあった。「ヨシコ」は通奏低音のように、現在を眼差す彼女の詩の視座にいつも生きている。

（2018.3）

現代詩文庫 239 たかとう匡子詩集

発行日 ・ 二〇一八年六月五日
著 者 ・ たかとう匡子
発行者 ・ 小田啓之
発行所 ・ 株式会社思潮社
〒162-0842 東京都新宿区市谷砂土原町三―十五
電話〇三（三二六七）八一五三（営業）八一四一（編集）八一四二（FAX）
印刷所 ・ 創栄図書印刷株式会社
製本所 ・ 創栄図書印刷株式会社
用 紙 ・ 王子エフテックス株式会社

ISBN978-4-7837-1017-2 C0392

現代詩文庫

新刊

201 蜂飼耳詩集
202 岸田将幸詩集
203 中尾太一詩集
204 日和聡子詩集
205 田原詩集
206 三角みづ紀詩集
207 尾花仙朔詩集
208 田中佐知詩集
209 続続・高橋睦郎詩集
210 続続・新川和江詩集
211 続・岩田宏詩集
212 江代充詩集
213 貞久秀紀詩集
214 中上哲夫詩集
215 三井葉子詩集
216 平岡敏夫詩集
217 森崎和江詩集
218 境節詩集
219 田中郁子詩集
220 鈴木ユリイカ詩集
221 國峰照子詩集
222 小笠原鳥類詩集
223 水田宗子詩集
224 続・高良留美子詩集
225 有馬敲詩集
226 國井克彦詩集
227 暮尾淳詩集
228 山口眞理子詩集
229 田野倉康一詩集
230 広瀬大志詩集
231 近藤洋太詩集
232 渡辺玄英詩集
233 米屋猛詩集
234 原田勇男詩集
235 齋藤恵美子詩集
236 続・財部鳥子詩集
237 中田敬二詩集
238 三井喬子詩集
239 たかとう匡子詩集